लाला की कहानी

सर्गियो स्कापानिनी

सर्गियो स्कापानिनी का जन्म नेपल्स में हुआ। उन्होंने केमिकल इंजीनियरिंग में पीएच.डी की डिग्री ली है और एक जाने-माने फ़िल्म निर्माता हैं। यह उनकी लेखन यात्रा का आरंभिक बिंदु है। 'लाला की कहानी' के इतालवी संस्करण ने 1999 में प्रतिष्ठित एल्सा मोरांते-आइसोला डि आर्टरो पुरस्कार जीता था। इस पुस्तक का फ्रेंच तथा बंगाली भाषा में भी अनुवाद हुआ है।

लाला की कहानी

सर्गियो स्कापानिनी

चित्रांकन

स्टेलिना, सेरीना, सोफिया

हिंदी अनुवाद

रचना भोला 'यामिनी'

अनबाउंड स्क्रिप्ट

लाला की कहानी : सर्गियो स्कापानिनी

ISBN : 978-93-92088-71-1

प्रकाशक : अनबाउंड स्क्रिप्ट
2/41, अंसारी रोड़,
दरियागंज, दिल्ली–110002

वेबसाइट : www.unboundscript.com
ई–मेल : books@unboundscript.com
फोन नं. : 011-35807601

मुद्रक : यश प्रिंटोग्रफिक्स
नोएडा, उत्तर प्रदेश

Lala Ki Kahani by Sergio Scapagnini
Illustrated by Stellina , Serena, Sofia

Translated by Rachna Bhola Yamini

मूल्य : ₹ 299/-

ग्लोरिया, स्टेलिना, सेरीना और

सोफ़िया के लिए,

जो 'लाला की कहानी' की

पहली उत्सुक पाठक थीं

आभार

मेरी पत्नी ग्लोरिया के लिए आभार, जिसके प्रेम और समझ के बिना मेरी भारत यात्रा और लाला से मुलाक़ातें कभी संभव न होतीं। मेरी बेटियो स्टेलीना, सेरीना और सोफिया के नाम, जो 'लाला की कहानी' के लिए पहली धैर्यवान श्रोता और प्रोत्साहित करने वाली बनीं।

पहला अध्याय

यह एक लड़के की कहानी है जिसे सब लाला कहते थे।

लाला का जन्म विशाल भारत के छोटे से गाँव में हुआ। यह भी दूसरे कई गाँवों जैसा ही गाँव था, वैसी ही झोंपड़ियाँ जो सब दिखने में एक सीं पर फिर भी अलग-अलग थीं। माटी से बनी कच्ची दीवारें, ताड़ के पत्तों से बुनी छतें। उनींदे बैलों के कुछ जोड़े, हर मनचाही फसल चरने पर अड़ी कुछ बकरियाँ और छोटे घरों के बाहर मंडराते मुर्गियों के बच्चों के झुंड। बस इससे ज़्यादा कुछ नहीं था, क्योंकि रायपुर छोटे किसानों का इलाका था।

हालांकि रायपुर में छोटे बच्चों की कोई कमी नहीं थी।

हमारी कहानी जिस समय की है, तब लाला की उम्र यही कोई दस या ग्यारह साल रही होगी और पर वह दिखने में छोटा लगता था क्योंकि वह थोड़ा नाटा था।

ख़ैर, वह दिखने में ख़ासा सुंदर भी था, गहरी काली आँखें और सफ़ेद दाँतों से सजी मुस्कान। सिर के बाल भी काफ़ी घने, काले और सीधे थे। जब भी उसके बाल बढ़ते तो वे उसके सिर को किसी टोपी की तरह ढक लेते जिसके साथ-साथ बाहर की ओर उभरे कान भी ढक जाते थे। हालांकि ऐसा अक्सर नहीं हो पाता था क्योंकि उसकी माँ उसे आसानी से साफ़-सुथरा रखने के लिए उसके बाल छोटे-छोटे छाँट देती। तब उसके सिर को हाथ लगाने पर ऐसा लगता था जैसे किसी कूची पर हाथ फिरा रहे हों।

भारत में क़रीबन पूरा साल ही सूरज अपना ताप बिखेरता है इसलिए धूप से बचाव के लिए लाला सिर पर सूती गमछे से पगड़ी सी बाँधे रखता, जिससे उसके कान अचानक ही बाहर निकल आते।

जहाँ तक उसके बाकी शरीर का सवाल था, उसे धूप और ताप से बचाने की कोई ज़रूरत ही नहीं थी। प्रकृति माता ने उसे बहुत सुंदर काँसे सी चमचमाती देह देकर उसका ध्यान रखा था, उसकी वजह से वह तेज़ धूप में भी बड़े आराम से नंगी पीठ लिए खेतों में घूमता-फिरता।

लाला का परिवार बहुत बड़ा था। लाला के पिता एक किसान थे, जो दूसरे किसानों की तरह हमेशा ज़मीन के छोटे से टुकड़े पर खेती करते आए थे। जिसे उन्होंने स्थानीय ज़मींदार से भाड़े पर लिया था। खेतों में काम करने के लिए जितने ज़्यादा हाथ होंगे, उन्हें और ज़्यादा ज़मीन लेने में मदद मिलेगी और कौन जाने किसी दिन उनके पास अपनी खुद की ज़मीन भी हो। बस इसी आस में लाला के पिता औलादें पैदा करते रहे। तो अब लाला के बारह भाई-बहन थे, उनमें से दस बड़े थे और दो भाई छोटे थे।

असल में, उनकी ज़मीन कभी बड़ी नहीं हुई और बस खाने के लिए मुँहों की गिनती बढ़ती चली गई। लाला के पिता सुबह से ले कर शाम तक हल जोतते। लाला के बड़े भाई भी उनका हाथ बँटाते। ऐसा कोई नहीं था जो लाला के पिता से बेहतर हल जोत सके। वे बड़ी मज़बूती और भरोसे से अपनी छोटी सी ज़मीन की काली माटी में गेहूँ और बाजरा उगाते। और जब धान उगाने की बारी आती तो उनके खुरदुरे हाथ पंखों से कोमल हो जाते और वे नन्हे पौधों को अपनी पुरानी और प्यार से भरी समझदारी से पोसते।

लाला हमेशा उन्हें देखने के बाद यही सोचता कि क्या वह भी कभी उनकी तरह इतना हुनरमंद होगा। अगर कभी बारिश देर से होती और पानी की कमी हो जाती तो भी उनकी फसल को नुकसान नहीं होता था।

हालांकि यह सारा हुनर, यह सारा प्यार और इतनी लगन भी कोई करिश्मा नहीं कर सके, उन्हें कभी इतना पैसा नहीं मिला कि वे अपनी ज़मीन खरीद सकते। सारा पैसा खेतों का किराया चुकाने में ही

निकल जाता। फिर वे बचे हुए पैसों से अगले साल की फसल के लिए बीज खरीदते और यह देखा जाता कि उनके पास इतना अनाज हो कि वे सब रात को घर जाने के बाद भूखे पेट न सोएँ।

लाला परिवार में छोटे बच्चों में गिना जाता था इसलिए उसे ताड़ वाली छत के नीचे बड़े कमरे में, अपने माता-पिता के पास सोने का मौका मिलता था। जब रात को कमरे में रोशनी बुझा कर अंधेरा कर दिया जाता तो लाला सोने का दिखावा करते हुए आँखें बंद कर लेता। वह अपने माता-पिता से लिपट कर लेटे हुए, चुपके से उनकी हल्की बुदबुदाहट में हो रही बातें सुना करता। रोज़मर्रा की ज़िंदगी की छोटी-मोटी बातें करने के बाद, हर रात वे दोनों एक से शब्द दोहराते : 'इस बरस तो कर ही लेंगे।' उसके पिता सपना देखते कि उनकी बेशुमार फसल होगी और माँ हर चीज़ में किफ़ायत बरतते हुए पैसा जोड़ने के बारे में सोचती। वह चाहती थी कि थोड़ा पैसा जुड़ जाए तो ज़मीन खरीदने के बारे में सोचा जा सके। 'इस बरस तो हम कर ही लेंगे! ज़मीन हमारी अपनी होगी!' और फिर, सब कुछ पहले की तरह होता और वे पहले भी ज़्यादा गरीब हो जाते।

हालांकि बाद में उसके माता-पिता ने अपने सपनों के बारे में बात तक करना छोड़ दिया था। अब उसके पिता अक्सर ज़ल्दी सो जाते, उसकी माँ बिस्तर में करवटें बदलती रहती। यह देख कर लाला का दिल बहुत दुखता था।

असल में, लाला को कभी किसी तरह की कोई कमी महसूस नहीं हुई। यह सच था, उसके पास एक ही खिलौना था। वह लकड़ी से बना लट्टू था जिसे डोरी बाँध कर चलाया जाता है। वह खिलौना उसके पिता ने दीवाली के मेले से ला कर दिया था। पर उस इकलौते खिलौने से भी उसे बड़ा मज़ा आता था। वह सुबह से लेकर रात तक उससे

खेला करता और पूरे गाँव में ऐसा कोई बच्चा नहीं था जो उससे बेहतर लट्टू चला सकता हो। उसके दोस्तों के माता-पिता भी खेती-बाड़ी ही काम करते थे इसलिए ऐसा नहीं था कि उनके पास लाला से कुछ ज़्यादा रहा होगा। तभी लाला को कभी अपनी गरीबी का एहसास नहीं हुआ। जो भी हो, गरीब हों या न हों, दोस्तों की छोटी सी मंडली को खेतों में इधर-उधर घूमने से कोई नहीं रोक सकता था। वे बरसातों के मौसम में तालों में नहाते और पेड़ों की शाखाओं पर बैठे बंदरों का पीछा करते।

पूरे दिन में कुछ ही घंटों के लिए, बड़े से पेड़ के नीचे स्कूल लगता था। पढ़ाई का कोई काम घर से नहीं करना होता था। हालांकि वह घर में माँ के कामों में हाथ बँटाया करता। वह छोटे भाईयों की देख-रेख करता, कुएँ से पानी ले आता, सब्जियों की बगीची में पानी देता और पशुओं की देख-रेख करता। यह सब करने के बाद भी उसे अपने दोस्तों के साथ मिल कर खेलने का मौका मिल ही जाता था। कुल मिला कर, एक छोटे लड़के के तौर पर, लाला की ज़िंदगी अपने-आप में पूरी और खुशहाल थी।

पर वह यह देख कर कैसे खुश रहता कि उसके माता-पिता हालात को बेहतर बनाने की इतनी कोशिश करने के बावजूद आने वाले कल की चिंता के सिवा कुछ नहीं पाते थे?

तो दिन-ब-दिन, लाला को धीरे-धीरे यकीन होने लगा कि उसे भी अपने हिस्से का काम करना ही होगा। गाँव में ऐसा कोई ख़ास काम नहीं था जिसे करने से उनकी जिंदगियों में कोई बदलाव आता। पर वह इतनी आसानी से हार नहीं मानने वाला था। उसके लिए यही विश्वास काफ़ी था कि वह कुछ कर सकता था। लाला का यह सपना धीरे-धीरे और रंग पकड़ने लगा कि वह एक दिन कुछ असाधारण कर दिखाएगा, कुछ ऐसा जिससे उसके पिता को ज़मीन खरीदने में सहायता मिलेगी।

मानो उसने माता-पिता को अपने जिस सपने के बारे में अक्सर बातें करते सुना था, वही अब उसके मन में घर कर चुका था क्योंकि उसके पिता ने सपना पूरा होने की आस छोड़ दी थी। शायद लाला के पिता उसे बहुत सारे खिलौने नहीं दे सके पर उन्होंने लाला को एक ज़रूरी चीज़ तो दे ही दी थी : सपने देखने का उपहार। जो इंसान सपने देख सकता है, वही अपने सपनों को साकार भी कर सकता है।

जिस बरस से हमारी कहानी शुरू होती है, उस बरस रायपुर में कुछ ऐसी घटनाएँ घटीं जिन्होंने लाला को अपने सपने को साकार करने की चुनौती का सामना करने पर मज़बूर कर दिया।

रायपुर के लोगों को वह बरस तो आज भी याद होगा। उस साल मानसून बहुत देर से आया - जो हमेशा किसानों पर अपनी कृपा दृष्टि रखते हुए नियमित रूप से, समंदर की ओर से बारिश से भरे बादल लाया करता था। हर सुबह लाला के पिता, रायपुर के दूसरे किसान और भारत के अन्य इलाकों के लाखों किसान आस भरी निगाहों से सबसे पहले आने वाले बादलों को ताकते। कहीं काले बादलों का नामोनिशान नहीं दिखता था। सूरज हमेशा की तरह स्नेह से अपनी धूप बिखेरता था पर अब वह ज़मीन को सुखाने लगा था। कुदरत भी कुछ चीज़ों में बदलाव चाहती है और सूरज की धूप के बाद उसे भी बरखा का इंतज़ार था।

ख़ैर, बरसात का कोई अता-पता नहीं था। वे हर रात, पेड़ों पर चढ़ कर किसी ओर से आने वाली हवा के संकेत खोजते पर पत्ता तक हिलता नहीं दिखता था।

लाला के पिता ने अपने करिश्मे दिखाने में कमी नहीं रखी। वे कुँओं की तलहटी से जमा पानी से, परिवार के लिए पीने और खाना बनाने का पानी निकालने के बाद, अपने नन्हे अंकुरों को सींच कर

जीवित रखने की पूरी कोशिश कर रहे थे। वे ज़मीन पर घुटनों के बल बैठे, एक बार में एक-एक बूँद पानी सभी पौधों को देते ताकि वे अगले दिन तक जीते रहें। उन्हें यही उम्मीद रहती थी कि शायद अगले दिन बरसात हो जाएगी। पर बरसात नहीं हुई और मायूसी बढ़ती चली गई।

माँ के पास भी अपने ही तरीके थे। उसने सारे धान को छोटे राशन में बाँट दिया ताकि उसे लंबे समय तक चलाया जा सके। उसने अपने हाथ में बचे आख़िरी पैसों से नारियल खरीदे। वह उदार फल पीने को पानी देता है, इसका मुलायम गूदा खाने के काम आता है और फिर इसके छिलकों से ईंधन का काम लिया जा सकता है। पीने के पानी में से बचत करते हुए, माँ ने किसी तरह घर की बगीची में कुछ कुम्हलाए हुए बैंगन उगाए जिन्हें उसने किसी ख़ज़ाने की तरह सेंत रखा था। अब उनके पास बीसेक दिन का भोजन था। यहाँ तक कि गाँव के बड़े-बूढ़ों तक को भी याद नहीं था कि कभी मानसून इतनी देर से आया होगा।

उन्होंने उन बीस दिनों का भी गुज़ारा चला लिया पर उसके बाद भी सूरज उसी तरह आकाश में चमक रहा था और कजरारे बादलों का कोई अता-पता नहीं था। ज़मीन में दरारें आने लगीं और वह सूखी मिट्टी के ढेलों में बदल गई।

लाला की माँ ने अनाज को और कुछ दिन तक चलाने के लिए अपनी खपत और कम कर दी। उसके पिता खाली पेट खेत में मेहनत करने से निढाल हो चुके थे। उन्होंने मज़बूत पौधों को बचाने में जी-जान लगा दी। वे चाहते थे कि कम से कम फसल का कुछ हिस्सा तो बचा लें।

पर बरसात नहीं आई।

कोई नहीं जानता था कि क्या करना था। हर किसी के पास रसद ख़त्म हो चुकी थी। पशु मरने लगे और लाला अपनी माँ का चेहरा देख कर समझ गया कि माँ को उसके छोटे भाईयों के लिए डर सताने लगा था जो अपने-अपने झूलों में लेटे थे। पिछले कुछ दिनों से उन्होंने रोना तक बंद कर दिया था।

पर बरसात नहीं आई।

और फिर, एक रात छत पर तड़तड़ सी आवाज़ सुनाई दी। उन सबकों नींद से जागने और यह समझने में कुछ ही पल लगे कि बरसात आने वाली थी - बरसात आ चुकी थी। बरसात। बहुत सारी बरसात। ढेर सारी बरसात।

पूरे गाँव में सभी लोग भावुक हो कर, मारे ख़ुशी के गले लगे और फिर सभी तेज़ होती बरसात में भीगने के लिए घरों से बाहर खड़े हो गए।

पर अब बहुत देर हो चुकी थी। उनके और प्यासे पशुओं के लिए देर नहीं हुई थी, वे तो अब भरपूर पानी पी सकते थे पर फसल के लिए देर हो चुकी थी। फसल पूरी तरह से बरबाद हो गई थी।

इस लंबी और भयंकर अवधि के बीच ही लाला के अंदर से जैसे कुछ बदल सा गया। असहाय पिता खेतों में झुके काम करते रहे और वह उनकी कोई मदद नहीं कर सका। माँ अपनी ओर से परिवार को सही-सलामत रखने का हर जतन करती रही और तभी लाला के दिमाग में अपने-आप ही एक विचार आ गया। वह एक दिन महा नगर जाएगा।

माई हमेशा कहती थी, 'हर अंधियारी रात के बाद सुबह आती है।' वह अक्सर जीवन की हर छोटी-बड़ी मुश्किल के सामने आने पर इन्हीं शब्दों को बार-बार दोहराते हुए ख़ुद को दिलासा दिया करती। उस लंबे अकाल के दौरान लाला भी उन शब्दों का अर्थ समझने लगा था।

अकाल के उस दुख ने उसे इतनी ताकत दे दी थी कि वह अपने सपने को बादलों से खींच कर असलियत में बदलने को तैयार था। यह कोई आसान काम नहीं था। किसी देहाती के लिए तो ऐसा सोचना भी एक बड़ी चुनौती थी पर लाला ने चुपके से अपना मन बना लिया था : वह अपने सपने को सच करने के लिए महा नगर का सामना करेगा। काम। हाँ, वह काम करेगा ताकि पैसा जमा करके, पिता को अपनी ज़मीन खरीदने के लिए दे सके। उसने फ़ैसला कर लिया था। हालांकि इसके बारे में सोचने से ही जान हलक में आ जाती थी।

लाला असल में कोई जाबांज क़िस्म का लड़का नहीं था। असल में, अंदर ही अंदर, उसे हमेशा अपने कायर होने का अंदेशा रहा था। जब खेल के दौरान, बड़े लड़के आपस में तय करते कि अपना साहस साबित करने का खेल खेलेंगे तो लाला किसी तरह उनसे पीछा छुड़ा कर निकल जाता और अकेले ही अपने लट्टू से खेलता रहता।

बंदरों की तरह खेलते हुए, शाखाओं से छलांगें भरना, बारिश में हरहराती नदी को पार करना, दिन ढलने के बाद, अंधेरे में अकेले, बीहड़ में ख़ज़ानों की खोज में निकलना, जब संगति के लिए उल्लुओं के सिवा कोई नहीं होता था : वे लोग ऐसे कामों से अपनी बहादुरी और साहस साबित करते थे। हर बार मौत के डर से भाग निकलने वाला लाला, अपने-आप को हीरो कैसे कह सकता था।

हालांकि, इस बार उसे कौन दोष दे सकता था? आप ही सोचें : इतने बड़े महा नगर में एक अकेला छोटा बच्चा। ख़ैर, उसने अपना मन बना ही लिया था और फिर भी वह डरा हुआ था! इसलिए लाला हर दिन अपने फ़ैसले को अगले दिन पर टालता जाता।

पर वह दिन आ ही गया, जब उसके लिए अपने फ़ैसले को टालना नामुमकिन हो गया। उस दिन, गाँव में स्थानीय कर अधिकारी आया

था। वह कोई बुरा इंसान नहीं था। वह भी दूसरों की तरह एक गरीब आदमी ही था पर उसे यही काम सौंपा गया था कि किराए की ज़मीन पर काम करने वाले किसानों से लगान जमा करके, ज़मींदार को जमा करवाएगा। यह कोई अच्छा काम नहीं था और उस बरस तो यह पहले से कहीं ज़्यादा बुरा हो गया था।

जब लाला के पिता ने लगान अधिकारी को आते देखा, तो उन्होंने लाला से जाने को कहा। वैसे तो लाला बहुत ही आज्ञाकारी था पर जाने क्यों उस दिन उसने पिता की बात नहीं मानी। वह घर से कुछ कदम की दूरी पर गया और फिर कुछ सोच कर अपना लट्टू वहीं फेंक कर, दरवाज़े के पास आ कर छिप गया।

उसके पिता अंदर लगान लेने आए व्यक्ति से बात कर रहे थे। लाला ने उन्हें कहते सुना कि फसल तो पूरी तरह से बरबाद हो गई थी और उन्हें अपनी ताकत बटोरने के लिए भोजन खरीदना पड़ रहा था। अगली फसल की बुवाई के लिए बीज लेने ज़रूरी थे और मानसून के बाद हमेशा की तरह झोंपड़ी की छत मरम्मत माँग रही थी इसलिए उनके पास लगान और भाड़े का पैसा नहीं था। उनके पास जो भी पैसा बचा था, उसे बीज खरीदने के लिए रखा था और वह भी बुवाई के लिए पूरा नहीं पड़ने वाला था। लाला ने अपने पिता को कहते सुना कि उनकी बात किसी तरह ज़मींदार तक पहुँचा दी जाए कि वे अगली फसल तक किराया न लें और थोड़ा धीरज रखें।

पर लगान लेने आए व्यक्ति ने साफ़ मना करते हुए कहा कि वह कुछ नहीं कर सकता था। उसे भी अपना घर चलाना था और ज़मींदार एक नहीं सुनने वाला नहीं था। उन्हें पैसा भरना होगा वरना उनसे ज़मीन छीन ली जाएगी। उसने अपने पिता को गिड़गिड़ाते सुना, "नहीं, ज़मीन मत छीनना। वरना हम कैसे जीएँगे? ज़मीन मत

छीनना।" और लाला को वे सारी रातें याद आईं जब उसने पिता को ज़मीन के उस टुकड़े को खरीदने के बारे में कहते सुना था जो अब उनकी ज़िंदगी बन गया था।

अचानक ही उसकी आँखें भर आईं। वह झोंपड़ी की ओर भागा। वह लगान अधिकारी को चिल्ला कर कहना चाहता था कि वह हरामी ज़मींदार से कह दे कि उसके पिता, उसके पिता ...। पर उसके शब्द आंसुओं में ही कहीं घुल गए। उसने अपने पिता को घुटनों के बल बैठ कर गिड़गिड़ाते देखा और फिर वह मुड़ कर भागा, बहुत दूर तक भागता चला गया। वह कुछ कहने के हाल में नहीं था, कुछ करने के हाल में नहीं था। पर एक चीज़ हो चुकी थी। अब लाला जानता था कि वह सच में जाने वाला था। उसी समय, ज़ल्द से ज़ल्द!

OOO

दूसरा अध्याय

आइए यह समझने की कोशिश करें कि लाला के मन में महा नगर में जाने की बात क्यों आई होगी।

जैसा कि आप सोच सकते हैं, उनके पास रायपुर में कोई टी.वी. नहीं था और न ही कोई रेडियो था। जैसा कि आप अब तक जान गए होंगे, हमारी कहानी जिन दिनों से शुरू होती है, तब तो रायपुर में बिजली तक नहीं होती थी। अख़बार भी नाम के लिए ही थे। किसी को उन्हें गाँव तक लाने की परवाह नहीं थी क्योंकि उस जगह रहने वाले पढ़-लिख नहीं सकते थे।

तो?

लाला की माँ कहती थी, "हर इंसान सब कुछ जानता है। जब तुम एक बार किसी बच्चे का जन्म, किसी बूढ़े की मौत, सूरज का उगना और छिपना और धरती में बीज डालने से उगते फल देख लेते हो; जब तुम एक बार प्रेम और भय को महसूस कर लेते हो ...।" - और

फिर अपनी माँ की बात पूरे मन से सुनने वाले लाला ने सिर हिलाते हुए हामी भरी - "जब तुम भूख, सर्दी, किसी को कुछ देने की खुशी, झूठ बोलने की शर्म को महसूस कर लेते हो; जब तुम रात को अलाव के पास बैठ कर बूढ़ों के मुँह से अपने देवताओं और अपने लोगों के किस्से सुन लेते हो, तब तुम लगभग वह सब जान लेते हो जो एक जीवन को अच्छी तरह जीने के लिए चाहिए। तब एक इंसान सब कुछ जानता है।"

और, इससे भी बड़ी बात यह थी कि रायपुर में नौटंकी वाले आया करते। वे बड़ी ही रंगीन बैलगाड़ियों में सामान भर कर आते। बैलगाड़ियाँ ही उनके घरों का काम करतीं, उनमें वे सभी संदूक रखे रहते, जिनमें उनके काम का ज़रूरी सामान होता था।

असल में, इन लोगों का कोई स्थायी ठिकाना नहीं होता था। वे एक शहर से दूसरे शहर, एक कस्बे से दूसरे कस्बे घूमा करते। जब भी वे आते तो नौटंकी दिखाने के लिए मंच बनाया जाता। वे अपने संदूकों में से, चित्रों से सजे पर्दे निकालते और इसके साथ ही झलमल करती पोशाकें और वाद्य यंत्र बाहर आ जाते। रात को पूरा गाँव बड़े मज़े से उनकी कहानियाँ सुनता।

लाला उन लोगों में से था, जो नौटंकी वालों के आने के बारे में सुन कर दीवाने हो जाते। वह भाग कर घर जाता और हांफते हुए माँ को बता देता उसे नौटंकी वालों की आवाज़ सुनाई दे गई। फिर इससे पहले कि वे लोग गाँव के पहले घर तक पहुँचें, वह भाग कर उनके दल में मिल जाता। उसकी माँ स्वभाव से थोड़ी कड़क थी और अक्सर शैतान दोस्तों की टोली के साथ बाहर जाने से मना कर देती पर जब नौटंकी वाले आते तो वह उसे मनमर्जी करने को खुला छोड़ देती। और लाला का समय मज़े में बीतता।

उसे संदूक खुलते देखना बहुत भाता था। वह अक्सर उन मुखौटों को छूने की हिम्मत भी कर लेता जिन्हें कलाकारों के मुँह पर लगा देख डर लगता था। उसे मंच पर पीछे लगने वाले पर्दे खुलते देखना पसंद था, उन पर जाने कौन सी दुनिया बनी रहती। वे बूढ़ों के किस्सों में आने वाली दुनिया थी, बस इसे उन पर्दों पर साकार देखा जा सकता था। रात को वे सब कलाकार के अभिनय के साथ जैसे जीवंत हो जाते। वह पूरी शाम चुपचाप उकडूँ बैठा, संगीतज्ञों को अपने वाद्य यंत्रों को साधते सुनता, सबसे बड़ा कलाकार दूसरे कलाकारों को निर्देश दे रहा होता। कुछ लोग अपने अभिनय का पूर्वाभ्यास करते और कुछ अभिनय से पहले खाने-पीने में मग्न दिखाई देते। उसका छोटा सिर आगे की ओर निकला रहता और उभरे हुए कान खड़े रहते। लाला उन किस्सों का एक भी शब्द सुने बिना नहीं रहना चाहता था क्योंकि रात को देवताओं और प्राचीन भारत के नायकों के किस्से सुनाने वाले कलाकार, दिन में उन सभी जगहों की बातें किया करते, जहाँ वे जाते थे, वे उन लोगों के बारे बताते, जिनसे वे मिलते थे और उन घटनाओं

की चर्चा करते जो उनके आगे घटती थीं। और लाला, किसी जिज्ञासु बंदर सा उनके मुँह से निकले एक-एक शब्द को घूंट-घूंट पीता रहता।

इसी तरह, धीरे-धीरे, उसे पता चलने लगा कि महा नगर असल में कैसा होता होगा। वह नगर उसके गाँव के आसपास नहीं था, जिस जगह उसके पिता के दोस्त अक्सर ख़ास मौकों पर जाया करते और वापसी पर उस जगह के शोरगुल और महंगाई का रोना रोते लौटते। उसके पास उस महा नगर की स्पष्ट तस्वीर थी क्योंकि वह एक असाधारण नगरी थीः बनारस, पवित्र नगरी, जहाँ हर अच्छे हिंदू को जीवन में कम से कम एक बार गंगा, पवित्र गंगा में डुबकी लगाने के लिए जाना ही चाहिए।

लाला बनारस के बारे में लगभग सब कुछ जानता था। उसके अनेक मंदिर, नदी के किनारे घाटों पर बनी चौड़ी सीढ़ियाँ, बड़े-बड़े महल जिनकी छतों पर हज़ारों कबूतर पंख फड़फड़ाते, बनारस के बड़े-बड़े हाट और असंख्य तीर्थयात्री जो लगातार भारत के अलग-अलग हिस्सों से आया करते। उसने अपने बाबा, बड़े भाईयों और उनके दोस्तों के मुँह से बनारस के अनेक किस्से सुने थे, इन लोगों को जीवन में कभी न कभी अपने पिताओं के साथ बनारस जाने का मौका मिला था, बस लाला की कल्पना में बसे बनारस की छवि के लिए इतनी जानकारी बहुत थी।

पर महानगर की तो शान ही निराली थी।

बनारस तो एक हाथ की दूरी पर था। महा नगर बंबई बहुत दूर था। उस जगह जाने के लिए तो बड़ी लंबी यात्रा करनी पड़ती थी, समझ लो आधा भारत लांघना पड़ता था। भले ही लाला कभी बनारस पहुँच भी जाता तो वह बिना एक भी पैसा कमाए वापिस आ जाता। उसे अपना सपना साकार करने का मौका न मिलता। उसे तो पैसा कमा कर, घर में अपने परिवार को भेजना था।

उसने बंबई के बारे में जो किस्से सुने थे, वे एक साथ कमाल और डरावने थे। बंबई बहुत बड़ा था। रायपुर में कुछेक सौ लोग ही रहते होंगे जिनमें कुत्ते, गौएँ और बंदर भी शामिल थे और बनारस में यह गिनती हज़ारों में रही होगी पर बंबई की आबादी के बारे में सोचने लायक गिनती भी लाला को नहीं आती थी। बंबई की सड़कें ऐसी सख़्त चीज़ से बनी थीं कि कोई फिसल कर गिरे तो चोट आ जाए। उन सड़कों पर चलते हुए शोरगुल से भरे वाहनों से तेल की बुरी गंध आती थी। उन्हें कोई बैल या घोड़े नहीं चलाते थे। उस जगह हज़ारों घर थे- बड़े घर और बंगले - उनमें बहुत सारी आँखें बनी थीं जिन्हें खिड़कियाँ कहते थे। और फिर उनमें कमरे थे; सबके लिए अलग-अलग कमरे। और काम; सबके लिए बहुत सारा काम था।

बेशक् बंबई दूर थी, इतनी दूर थी कि लाला सोच तक नहीं सकता था। बेशक् ये किस्से भी कहे जाते थे कि बहुत से लोग बंबई गए और फिर उनके बारे में कभी किसी ने कुछ नहीं सुना। पैसा कमाने के लिए देहात से बंबई जाने वाले ऐसे ओझल हो जाते मानो किसी बड़े दैत्य ने निगल लिया हो। न कोई ख़बर। न अता-पता!

लाला उन कलाकारों के किस्से सुनते-सुनते ख़्याली पुलाव पकाता, उसे लगता कि अगर किसी और ने अपना सपना साकार किया है तो वह भी कर सकेगा। उसे यह नहीं पता था कि यह कैसे संभव होगा पर उसे यह पता था कि कम से कम कोशिश करने के लिए तो यह एक जायज़ वजह थी।

किसने सोचा था, इतना डरपोक लाला अपने भीतर ऐसा साहस संजो लेगा! कोशिश करने की अच्छी वजह और यह भरोसा कि वह ऐसा कर सकेगा, बस यही सोच उसकी हिम्मत बनी हुई थी। और असल में, लाला उस दिन की प्रतीक्षा में था, जब वह अपने उस फ़ैसले पर कदम उठाता।

और फिर लगान लेने वाला आदमी आया और लाला अपने फ़ैसले को और टाल नहीं सका।

उसने एक ही झटके में सब कर लिया; योजना बेहद आसान थी। उसने अपना सारा सामान समेटा। इस काम में बहुत देर नहीं लगी। सब कुछ एक बड़े से गमछे में समा गया, वही उसके लिए रूमाल और तौलिए का काम करने वाला था। इसके अलावा उसने एक हल्का कुरता, निक्कर और मामूली सा ऊनी शॉल रख लिया- अगर रातें सर्द हुईं तो वही उसके लिए लबादे और कंबल का काम कर सकता था - फिर उसने लकड़ी का लट्टू लिया और अपने बाल गोपाल कान्हा की गले में पहनने वाली मूर्ति भी पहन ली। कृष्ण उसके देवता थे, प्रिय देवता, प्रेम के देवता और बाल देवता। बाल गोपाल बचपन से ही सबके चहेते थे जो एक से एक कमाल किया करते और अपने आसपास के बड़े लोगों के साथ हँसी -मज़ाक करने से भी पीछे नहीं हटते थे। लाला उन्हें बहुत प्यार करता था। माई ने उसे कृष्ण के बारे में बताया था। माई ने बताया था कि बाल गोपाल हमेशा उसके सहाय होंगे, उसने लाला को कान्हा की पूजा करना सिखाया था और माई ने गले में पहनने को कान्हा की छोटी सी मूर्ति दी थी जिसे लाला ने उस रात बड़ी ही सावधानी से अपने गले में पहन लिया था।

अपने सामान की पोटली बनाने के बाद, उसने उसे झोंपड़ी के दरवाज़े के पास छिपा दिया और साथ ही सफ़र के लिए एक छड़ी भी रख ली। आख़िर में उसने कहीं से दो केले जुटाए और उन्हें भी पोटली के हवाले किया। फिर वह सहमते हुए, रात होने का इंतज़ार करने लगा।

वह दूसरों से पहले सोने चला गया। माई और पिता से नज़रें मिलाने का साहस नहीं था इसलिए उसने सोने का दिखावा किया और उन सबके गहरी नींद में होने का इंतज़ार करने लगा। माई के साथ ऐसा होना आसान नहीं था क्योंकि उसकी नींद बड़ी कच्ची थी।

जब उसे यकीन हो गया कि माई भी थक कर गहरी नींद में थी तो वह उठा और अपने भाईयों के पास से उठ कर, हौले-हौले झोंपड़ी के दरवाज़े के पास चला गया। फिर उसने अपनी पोटली उठाई और बाहर निकल आया।

रात सर्द थी पर क़िस्मत से चांद निकल आया था। सारा गाँव नींद में था। लाला तैयार था। वह अपने इलाके से बाहर जाने वाली राह पहचान सकता था।

बस एक काम करना बाकी रह गया था। झोंपड़ी के दरवाज़े के पास बाहर, वह छोटी सी कुर्सी रखी थी, जिस पर माई कभी-कभी सुस्ताने बैठती। वहीं वह उन्हें रात को सोने से पहले कहानियाँ सुनाया करती थी और वहीं, वह बड़ी बेटी की मदद से बच्चों को थोड़ा लिखना-पढ़ना भी सिखाया करती।

लाला ने माई की छोटी सी स्लेट ली और सलेटी के टुकड़े से विदाई का संदेश लिखा

मैं काम की तलाश में जा रहा हूँ। मैं आपको संदेश देता रहूँगा। मैं आपसे बहुत प्यार करता हूँ। मुझे आपकी बहुत याद आएगी। मेरी चिंता मत करना।

आपका बेटा लाला

उसने चंद्रमा की रोशनी में अपनी लिखाई देखी, उस पर कुछ क्षण विचार करने के बाद, अपनी अंगुली से मिटा दिया, 'मुझे आपकी बहुत याद आएगी।' मर्द चाहे कितना भी छोटा क्यों न हो, उसे अपनी कमज़ोरी नहीं दिखानी चाहिए।

उसने स्लेट को वहीं दरवाज़े के पास रख दिया। उसने अपनी पोटली को डंडे में अटका कर, डंडा कंधे पर रख लिया। फिर उसने एक गहरी साँस ली और चल दिया।

उस धुंधले रास्ते पर कुछ कदम चलते ही उसे उल्लू की आवाज़ सुनाई देने लगी जो उसे अक्सर तब डराया करता था जब उसे खाली पड़े गाँव में ख़ज़ाना खोजने के लिए अपनी बारी देनी पड़ती थी। हालांकि यह हैरानी की बात थी कि इस बार उसे डर नहीं लगा।

वह चलता रहा, कलेजा मुँह को आ रहा था पर कदमों में कहीं ढिलाई नहीं थी। जब वह आख़िरी मोड़ तक आया, तो उसने पीछे मुड़ कर झोंपड़ी को देखना चाहा, जो उसका पूरा जीवन रही और जिसे शायद वह आख़िरी बार देखने जा रहा था।

अगर एक क्षण के लिए भी रुका और बाबू और माई के पास गरम फ़र्श पर अपने सोने की जगह याद आ गई तो शायद नहीं जा सकूँगा, आज रात नहीं, कभी भी नहीं।

और वह चांदनी रात में आगे चल दिया।

OOO

तीसरा अध्याय

बनारस की ओर जाने वाली कच्ची पगडंडी पर बड़े-बड़े पत्थर लगा दिए गए थे ताकि बैलगाड़ियों को निकलने में आसानी रहे। धरती पर चांदनी बरस रही थी पर इतनी तेज़ नहीं थी। लाला को ज़ल्द ही ध्यान आ गया कि उसे सावधान रहना होगा कि किसी सांप पर पैर न पड़ जाए। वह डंडे से पोटली उतार कर, डंडे से धरती को पीटने लगा ताकि उसके आने का संकेत सांप को मिल जाए और वह स्वयं ही रास्ते से हट जाए। सांप इंसानों से इतना डरते हैं कि उनके आने की आहट सुनते ही इधर-उधर छिप जाते हैं।

लाला को अभी तक तो इतनी चिंता नहीं थी पर अचानक ही उसे बड़ी बेचैनी होने लगी। वह एक घंटे तक चल चुका था और थकान हावी होने लगी थी। बेशक् पिछले दिन के भावों, भोजन की कमी और रात की अधूरी नींद की वजह से ऐसा हो रहा था। उसे आराम करने की सख़्त ज़रूरत थी।

वह राह चलती बैलगाड़ियों और आवारा पशुओं के डर से पगडंडी के किनारे नहीं सोना चाहता था। आख़िर में, उसे वह दिखाई दिया जो वह खोज रहा था : एक बड़ा सा पेड़ झाड़ियों से घिरा था।

लाला ने अपनी पगड़ी से छोटा सा चाकू निकाला, झाड़ी से कुछ कंटीली टहनियाँ काटीं और उन्हें पेड़ तले चारदीवारी बना कर लगा दिया। फिर उसने उसके अंदर सावधानी से अपना शॉल बिछाई और पोटली का तकिया बना कर सिर के नीचे रख लिया। ज़मीन थोड़ी ठंडी लगी पर कुल मिला कर ठीक ही थी। जब उसने खुद को पूरी तरह से ढक लिया तो रात का इतना डर नहीं रहा। उसने अंधेरे में ही पोटली में से टटोल कर केला निकाला और खा लिया। उसे डर था कि कहीं गहरी नींद आ गई तो डरावने सपने आने लगेंगे इसलिए वह सोना नहीं चाहता था। वह अपने बाल गोपाल को याद करने लगा। अभी पहली ही प्रार्थना भी पूरी नहीं हुई थी कि उसकी आँखें बंद हो गईं और वह गहरी नींद में सो गया।

लाला का डर बेबुनियाद रहा, उसे कोई डरावने सपने नहीं आए पर उठते समय थोड़ी गड़बड़ हो गई।

सूरज निकल रहा था, उसकी आँखों पर पहली किरणें पड़ीं। लाला को याद नहीं था कि वह किस जगह था। ज्यों वह धीरे से उठा तो उसे अजीब सी आवाज़ें सुनाई देने लगीं। मानो कोई हँसोड़ जोकर जैसी आत्मा उसे अपनी आवाज़ में लगातार पुकार रही थी : ला-ला, ला-ला, टें-टें, टें-टें...।

उसने धीरे-धीरे आँखें खोलीं। रोशनी और तेज़ हो गई थी। उसने आकाश की ओर देखा तो यह छोटा सा राज़ उस पर खुला। वह कोई सपना नहीं देख रहा था। सैंकड़ों तोते उस पेड़ की शाखाओं पर बैठे सूरज का स्वागत कर रहे थे जिसके नीचे उसने रात को आसरा लिया था। ला-ला, ला-ला, टें-टें, टें-टें...। यह तो जैसे उनकी उड़ानों और सुरों का मेला सजा था।

लाला को लगा कि उसके भीतर कुछ पिघल सा गया। यह सच था कि वह रात को कुत्तों की तरह सोया पर सुबह उठने पर दिल भारी सा था। उन बेवकूफ़ रंगीन तोतों को देख कर ज़ल्द ही उसका हौसला

लौट आया। उसके पिता हमेशा कहते थे, "सुबह अच्छी तरह जागने से ज़्यादा ज़रूरी कुछ नहीं होता, एक अच्छे दिन की शुरुआत अच्छी तरह होनी चाहिए।"

लाला उठा और अंगड़ाई लेते हुए इधर-उधर देखा। सड़क पास ही थी और वह बनारस की ओर जाने वाली पहली बैलगाड़ियों को देख सकता था।

सबसे पहले वह शौच आदि करने के बाद साफ-सुथरा हुआ मुझसे न पूछें कि उसने यह कैसे किया होगा परंतु उसने किया था क्योंकि सभी देहाती बच्चे बहुत साफ-सुथरे होते हैं और कुदरत से मिली चीज़ों का अपने लिए बेहतर इस्तेमाल करना जानते हैं : पत्ते, सुबह की ओस .. कुल मिला कर वह शहर जाने को तैयार था।) फिर उसने अपना सामान उठाया और आख़िरी केला चबाते हुए सड़क की ओर चल दिया।

सुबह की हल्की रोशनी के बीच सांपों सी सरसराती कई पगडंडियाँ खेतों की ओर जाती दिखीं। लाला ने हिम्मत नहीं हारी। उसने सिर को टहोका देते हुए अपनी पगड़ी को सीधा किया और पोटली बंधी लाठी को कंधे पर डाल कर चल दिया।

अभी कुछ ही कदम गया होगा कि जानी-पहचानी आवाज़ सुन कर पीछे मुड़ा। एक बड़ी बैलगाड़ी फल और सब्जी लादे हाट की ओर जा रही थी। एक बूढ़ा भजन गुनगुनाते हुए बैलगाड़ी हांक रहा था और उसकी आवाज़ गाड़ी की आवाज़ में मिल सी गई थी।

लाला एक ओर हटने ही वाला था कि बूढ़े ने उसे बैलगाड़ी में सवार होने का इशारा कर दिया। अरे वाह! क्या क़िस्मत है।

लाला ने दोबारा नहीं सोचा। वह झट से उछला और गाजर, प्याज, बैंगन, सलाद और दूसरे सामान के ढेर के बीच जा बैठा।

फलों और सब्जियों पर भी देर से आई बरसात का असर दिख रहा था पर कुल मिला कर उनकी हालत गेहूँ और धान जितनी बुरी नहीं थी। वे थोड़े छोटे और कुम्हलाए हुए दिखे मानो मिट्टी से निकलने के लिए जूझे हों और झाड़ियों ने उन्हें थोड़ा सुखा दिया था पर फिर भी उनकी मिठास अपनी ओर खींचने के लिए बहुत थी।

लाल ने अपनी आँखें बंद कीं और भजन सुनते हुए सब्जियों के बिछौने पर किसी बिल्ली की तरह पसर गया। सूरज का ताप बढ़ रहा था। उसने गहरी सांस ली तो घर, ज़मीन और काम की गंध आने लगी। उसे माई और बाबू याद आए पर इस बार मन उदास नहीं था, वह एक रोमांच की ओर जा रहा था। उसकी यात्रा इससे ज़्यादा आरामदेह तरीके से चालू नहीं हो सकती थी; बनारस तक जाने के लिए एक आरामदेह बैलगाड़ी। और जैसे यही बहुत नहीं था, बूढ़े ने उसे इशारा किया कि वह अपनी मर्जी से कुछ भी खा सकता था।

लाला को समझ नहीं आया कि शुरुआत कहाँ से करे पर एक पल सोचने के बाद, उसने गाजर उठा ली और खरगोशों की तरह कुतरते हुए खाने लगा। कचर-कचर-कचर। फिर वह मूलियों की ओर बढ़ा।

फिर उसने तीखे दांतों से सोय के चार टुकड़े कर लिए। उसके बाद रसीले खीरों की बारी आई, जिन्हें उसने आराम से छीला और बड़े-बड़े टुकड़ों में निगल लिया।

अपनी भूख मिटाने के बाद, लाला ने अपने सबसे बड़े प्यार को लगाव से देखा, घर में तो उन्हें खाने की मनाही थी पर उसे प्याज बेहद पसंद थे। जब वह छोटा था तो वह घर में बनी बगीची में जा कर, पेट भर कर प्याज खा लिया करता था। जब माई को पता चला कि उसके प्याजों की वजह से रात को छोटी सी झोंपड़ी में सबको कितनी बदबू का सामना करना पड़ता था तो उन्होंने उसे खाने से मना कर दिया। लाला ने पेट भर कर नया प्याज भी खा लिया...।

तो लाला की आज़ादी का पहला उपहार - नए प्याज का स्वाद रहा। बीच-बीच में वह बैलगाड़ी हांकने वाले को भी देख लेता। उसे यकीन नहीं आ रहा था कि बूढ़े को उसके खाने से कोई परेशानी नहीं थी। पर बूढ़ा मुस्कुरा कर बैल हांकता रहा और उसे मनपसंद चीज़ें खाने दीं।

लाला का पेट पूरी तरह से भर गया था। और उसे ही इस खाने से संतुष्टि नहीं हुई थी! जब उसके खाने के छिलके बैलगाड़ी से नीचे गिरते जा रहे थे तो मेहमानों का एक और दल इस दावत में शामिल हो गया।

गौएँ और बातूनी कौए - लाला के पुराने दोस्त और गाँव के सभी बच्चों के दोस्त। असल में, वे भी बच्चों की तरह ही बातूनी, जिज्ञासु, बहुत बोलने वाले, दुष्ट शैतान थे।

बूढ़ा धीरे-धीरे भजन गाता रहा, बैलगाड़ी हौले-हौले चलती रही और सूरज धीमा ताप बिखेरता रहा। हवा में तेज़ी थी और कौए आपस में लड़ रहे थे। लाला अपने पेट भरने के बाद यही सोच रहा था कि ईश्वर ने कैसा करिश्मा कर दिखाया था।

OOO

चौथा अध्याय

बनारस में उसका आगमन कुछ ऐसा था मानो कोई छोटा सा सपना बीत गया हो।

बैलगाड़ी रुकी। बूढ़े ने भजन गाना बंद कर दिया। कौओं ने उड़ान भरते हुए अपनी राह ली और एक ही पल में लाला को लगा कि घर छोड़ने और आने वाले समय का सामना करने का बोझ फिर से उसके कंधों पर सवार हो गया था।

बूढ़े ने गाड़ी से उतर रहे लाला को देख हाथ से संकेत किया जिसे देख कर लगा कि वह आशीर्वाद दे रहा था। लाला ने मुस्कुरा कर विदा ली और आदर में सिर झुका दिया।

बूढ़े आदमी की बैलगाड़ी के आगे, दूसरी बैलगाड़ियों की लंबी क़तार थी, जो बाज़ार में सामान उतारने के इंतज़ार में थीं। लाला उसी क़तार के साथ आगे बढ़ता गया। उसने कपड़े से सिर ढक लिया था ताकि कहीं कोई पहचान न ले - कौन जाने, कोई बैलगाड़ी रायपुर से ही न आई हो।

वह झटपट हाट पहुँचा। उसने आज तक इतना बड़ा हाट नहीं देखा था। सब कुछ ऐस लग रहा था मानो किसी राक्षस के लिए रात के खाने की व्यवस्था हो : संतरों की मीनारें, केलों के पिरामिड, प्याजों से भरी टोकरियाँ और पत्ता गोभियों के पहाड़। लाला को यह देख कर हैरानी हुई कि उसी हाट में फूल भी बिक रहे थे। ऐसे फूल तो उसने कभी देखे तक नहीं थे। वह उन असंख्य रंगों वाले सुंदर फूलों को देख कर हैरान होता रहा। कितनी अलग तरह की गंध, अलग-अलग तरह से सजे, अलग-अलग आकारों में जाने कितना सामान।

लाला यूँ ही उस मनुष्यों के छत्ते में बिना किसी लक्ष्य के आगे बढ़ता जा रहा था। अचानक ही उसे शोरगुल के बीच एक तेज़ आवाज़ सुनाई दी : 'ओए! छोटे बदमाश!'

लाला वहीं ठहर गया। उसे एक पल के लिए इतना ज़्यादा प्याज खा लेने पर शर्मिंदगी भी हुई पर उसकी टाँगें अपने-आप चलती रहीं, उन्होंने तय कर लिया था कि शायद उसे ही पुकारा गया था।

ओए, तेरे से बात कर रहा हूँ, बाहर निकले हुए कानों वाले छोटे बदमाश!'

इस बार लाला का कलेजा मुँह को आ गया। उसने मुड़ कर देखा तो एक छोटे लड़के से नज़रें मिलीं, जो झट से खिलखिला दिया, उसके सफ़ेद दांत झलमला रहे थे।

"क...या तु... म मुझ...से बात कर र...हे हो?" लाला ने किसी तरह कहा। जब वह परेशान होता था तो उसे बोलने में दिक्कत होने लगती थी।

"तो तुम भी हकलाते हो!" बच्चे ने पास वाली दीवार से कूदते हुए कहा और झट लाला के पास आ गया।

लाला वहीं अडोल खड़ा रहा, वह कुछ कहने या करने की हालत में नहीं था।

"मेरा नाम प्रकाश है, छोटे और तुझे देख कर लगता है कि किसी से बिछुड़ गया है।"

"नहीं...असल में... खोया तो नहीं।" लाला बोला। "सच कहूँ, मु...झे तो यह भी नहीं पता कि जाना किधर है। पर तुम्हें कैसे पता चला?"

प्रकाश ने थोड़ा अकड़ से कहा, "अरे भई, अपना तजुर्बा है। मैं तो इस हाट और बनारस के बारे में सब जानता हूँ।"

"मुझे इन जगहों के बारे में कुछ भी नहीं पता।" लाला प्रकाश के इस रवैए के बावजूद उसकी ओर खिंच चुका था। "पर... किसी तरह. .. रास्ता खोज ही लूँगा।"

"खूब कहा। बस ऐसा ही हौसला होना चाहिए। और बताओ, कहाँ को निकले हो?"

"मुझे बंबई जाना है" लाला ने किसी तरह कहा।

"हद है यार! मैं खुद को इतना बड़ा घुमक्कड़ कहता हूँ पर बंबई तक तो मैं भी नहीं गया। क्या तुझे नहीं लगता कि ये कुछ ज़्यादा ही दूर होगी।"

लाला ने कुछ नहीं कहा। उसने आँखें झुका लीं, वह अपनी ओर से हौसला दिखाने की पूरी कोशिश में था, पर प्रकाश जो कि उससे कुछ ही बड़ा था, उसने उसके दिल की बात जान ही ली।

"ख़ैर, मैं तुम्हारी मदद की कोशिश करूँगा। पर पहले देखें तो सही कि तुम क्या कर सकते हो? सबसे पहले, चलो देखें कि नदी तक मेरी बराबरी कर सकते हो या नहीं?"

और प्रकाश दौड़ने लगा।

लाला का खेलने का मन नहीं था पर उसके भीतर से किसी ने कहा कि प्रकाश उसके लिए बहुत ज़रूरी था। उसे इसकी वजह नहीं

पता थी पर वह जानता था कि प्रकाश पर भरोसा किया जा सकता था और उस एक पल में, उसे किसी के भरोसे की सख़्त ज़रूरत थी।

तो एक ही झटके में, उसने सिर की पगड़ी को टहोका दिया, अपनी लाठी और पोटली कस कर पकड़े और प्रकाश के पीछे दौड़ लिया।

हालांकि ऐसा करना असान नहीं था, प्रकाश तो हाट की भीड़ से भरी गलियों से होते हुए नदी की ओर तीर की तरह छूटा जा रहा था। लाला उसके हांफते हुए, किसी तरह दौड़ रहा था।

यह कोई छोटी बात नहीं थी, भीड़ और ज़्यादा घनी होती जा रही थी और प्रकाश के पीछे भागने के चक्कर में फिसल कर किसी तोंदू व्यापारी की तोंद से टकरा कर चोट लगवाने का पूरा डर था।

और ठीक यही हुआ भी। लाला ने अपनी पूरी गति के बीच अपना संतुलन खोया और फिसल कर एक मोटे आदमी के पैरों में जा गिरा। मोटा आदमी भी पलट कर गिरा और उसके साथ ही उसके हाथों में और सिर पर रखी टोकरियाँ भी गिरीं।

कोहराम सा मच गया। टोकरियों से अंड़े, मुर्गियाँ, बोतलें और मिट्टी का सामान हवा में उछल कर ज़मीन पर आ गिरा। मोटा आदमी जितना सामान लिए जा रहा था, वह वाकई अविश्वसनीय था। अब वह सब लाला की एक टक्कर से धूल चाट रहा था।

मोटे ने लाला को कानों से पकड़ा और ज़मीन से उठा लिया। "अब तुझे यह सारा नुकसान भरना होगा वरना सीधा पुलिस के पास ले जाऊँगा।"

लाला ने अपनी बात समझानी चाही पर हमेशा की तरह उसके मुँह से कुछ निरर्थक से शब्द निकले, आँखों से आँसू बहने को तैयार थे।

तभी कीचड़ का बड़ा सा लोंदा मोटे आदमी के मुँह पर आ पड़ा और उसने झट से लाला को छोड़ दिया।

लाला बुरी तरह से उलझन में था, वह वहीं खड़ा रहा। वह चीखते-चिल्लाते मोटे को अपना मुँह साफ करते देख रहा था।

"चलो, इधर से ज़ल्दी निकलो।" प्रकाश ने उसका हाथ पकड़ा और अपने साथ घसीट ले गया।

लाला ने मुड़ कर देखा तो मोटा अपना सामान समेट कर उनका पीछा करने की कोशिश में दिखा। फिर प्रकाश के इशारे पर दोनों ने दौड़ लगाई और पुराने बनारस की गलियों में आ कर सुरक्षित हो गए।

"अब ... हम ... रुक सकते हैं।" प्रकाश हांफते हुए बोला।

"मेहर...बानी।" लाला हकलाया।

प्रकाश बोला, "मुझे तो यह करना ही था, मैंने ही तुम्हें इस मुश्किल में डाला था। ख़ैर तुमने भीड़ में अच्छी दौड़ लगाई। चलो, अब नदी पर चलें। अब हमें तैरने का मज़ा लेना चाहिए।"

और इस तरह लाला ने गंगा को देखा।

एक मोड़ से मुड़ते ही, गली से बाहर आ कर, एक छत दिखी और उसके आगे महान पवित्र गंगा दूर तक फैली थी। लाला ने हज़ारों बार इसकी कल्पना की थी। पर हक़ीकत तो उसकी कल्पना से कहीं परे थी। यहाँ तक कि प्रकाश, जो उस गली से हज़ारों बार निकला होगा, वह भी कुछ देर को अवाक खड़ा रह गया।

लाला छोटा था इसलिए वह छत की दीवार से ऊपर नहीं देख सकता था। वह पंजों के बल उचक कर चारदीवारी से सट गया और लगातार नदी को देखता रहा। नदी कितनी विशाल और शांत थी। सूरज की चमचमाती रोशनी में नदी का दूसरा किनारा तक देखा जा सकता था।

लाला का मन भीग गया था। किसी ने उसे कभी गंगा की तस्वीर या चित्र नहीं दिखाया था इसलिए उसकी यह प्रतिक्रिया बहुत ही निरंतर और अचानक सामने आई। लाला को पहली बार समझ आया कि जब उसके बाबू सृष्टि की महानता की बात करते थे तो उसका क्या मतलब होता था। नदी अद्भुत थी और उसे बनाने वाला तो और भी अद्भुत रहा होगा।

लाला अकेले ही ऐसा नहीं सोच रहा था। उनके नीचे, छत से नीचे की ओर जाती सीढ़ियों के पार खड़े हज़ारों लोग नदी की ओर बढ़ रहे थे और उतने ही लोग पहले से पानी में थे। औरतें अपने बच्चों को स्नान करवा रही थीं। बूढ़े बिना किसी थकान के डुबकियाँ लगा रहे थे। सब लोग उस स्नान के आनंद में मग्न था जो मन को शुद्ध करता था, पापों को धो देता था, जो ईश्वर के निकट ले जाता था।

"चलो चलें!" प्रकाश की आवाज़ सुन कर लाला का ध्यान भंग हुआ। कुछ ही छलांगों में वे दोनों पानी में पहली सीढ़ी के पास थे।

"गंगा से पहली बार मिल रहे हो। तुम मन में कोई बात सोचो और वह ज़रूर पूरी होगी।"

लाला धीरे से नदी में उतरा। पानी ठंडा नहीं था, उसने धीरे से लाला को संजो लिया। जब लाला मन्नत माँगने को तैयार हुआ तो उसका दिल भावुक हो गया। उसने गहरी साँस ली और पूरी तरह से पानी में उतर गया। अब वह गंगा में था। वह मन की मुराद माँग सकता था।

लाला ने अपनी माई के बारे में सोचा और मन्नत माँगी कि माई को उसके जाने का दुख न हो और उसी क्षण में उसने यह भी मन्नत माँगी कि उसका सपना साकार हो, उसे ज़मीन खरीदने में माई और बाबू की मदद करने का मौका मिल सके।

इन सभी बातों को सोचने में कुछ ही पल लगे, लाला ने इस दौरान साँस रोके रखी और पानी के अंदर ही रहा।

उसे डर था कि उसने दो मन्नत एक साथ माँग कर गड़बड़ कर दी थी। अचानक ही उसका हाथ अपने बाल गोपाल पर गया, जिन्हें वह हर संकट की घड़ी में याद करता था।

जब वह पानी से बाहर आया तो चिंता में था। प्रकाश उसके पास ही था।

लाला ने अपनी उखड़ती हुई साँस संभाली और बोला, "मुझे डर है... मैंने गड़बड़.. कर दी... मैंने दो मन्नत एक साथ माँग लीं।"

"अगर वे आपस में जुड़ी होंगी तो वह एक मन्नत कहलाएगी और अगर वे पूरी तरह दो अलग मन्नत हुईं तो उनमें से पहले वाली ही पूरी होगी। दोनों ही तरह से कोई गड़बड़ नहीं हुई। हर कोई ऐसे ही बौखला जाता है। चल बाहर आ!"

लाला ने अपने दोस्त को पानी से बाहर आते देखा। वह सीढ़ियों के गरम पत्थर पर लेट गया था।

"शायद वे आपस में जुड़ी हुई थीं।" लाला उसके पास लेटते हुए बोला। प्रकाश ने कोई ज़वाब नहीं दिया।

वे दोनों बड़ी देर तक चुप रहे। आँखें बंद करके धीरे-धीरे सूरज की गरमी को अपने शरीर पर महसूस करना अच्छा लग रहा था, सारी कंपकंपी दूर हो गई थी। कितने लोगों के पवित्र नदी से मिलने पर उल्लास और उमंग से भरे स्वर गूंज रहे थे।

"तुम्हें ये सब बातें कैसे पता हैं?" लाला ने पूछा।

"जब तुम्हें अकेले रहना होता है तो तुम तेज़ी से सीखते हो।"

लाला हैरान था। उसे अभी घर से निकले बारह घंटे भी नहीं हुए थे और पहले ही पुलिस तक जाते-जाते बच चुका था। प्रकाश से मिलने के कुछ ही पलों के बाद, उसने किसी का इतना नुकसान किया था जितना उसने सारे जीवन में सोचा तक नहीं था, पर उसे इसकी शर्मिंदगी नहीं हो रही थी। असल में शरमीला और डरपोक लाला, पूरी तरह से प्रसन्न और भरा-पूरा महसूस कर रहा था।

"और तुमने गाँव क्यों छोड़ा?" लाला ने पूछा।

"बस ऐसे ही घूमने के लिए।"

"बिना किसी काम या मक़सद के?"

"बिना किसी बात के।"

"और तुम खुश हो?"

"हमेशा नहीं रहता।"

"और क्या घर वापिस नहीं जाओगे?"

"क्यों नहीं, एक बार वापिस गया भी था।"

"और फिर उन लोगों ने क्या कहा?"

"कुछ नहीं। माँ रोई और फिर आशीर्वाद दिया। बाबा ने खेतों में काम पर लगा दिया।"

"और फिर?"

"मैंने काम करने की कोशिश तक नहीं। उन्हें शुरू से ही पता था कि मेरा मन काम में नहीं था इसलिए वे मुझे पसंद नहीं करते थे। फिर एक मज़ेदार बात हुई।"

"क्या?"

"तब तक लोग गाँव के लोग मुझे बुलाने लगे थे। वे चाहते थे कि मैंने जो भी देखा, उसके बारे में उन्हें बताऊँ। सर्दियों के मौसम में, वे मुझसे घुमक्कड़ी के दौरान सीखे गए गाने सुनना चाहते थे। वे चाहते थे कि मैं उन्हें वे सारे नाच दिखाऊँ और सिखा दूँ जो मैं सीख चुका था।"

"और एक दिन मेरे बाबा ने कहा, "हालांकि, तुम एक भी पैसा कमाए बिना वापिस आए हो, पर पहले से कहीं ज़्यादा अमीर हो गए हो। हमारे साथ रहो। तुमने हमें जो दिया है, वह बहुत ही सुंदर है। तुमने हमारे मन प्रसन्न कर दिए हैं।" उनके मुँह से ऐसा सुनना अच्छा लगा था।"

"और फिर? "

"मैं कुछ देर वहीं रहा पर फिर मुझे वापिस आना पड़ा।"

"क्यों?"

"यकीन से नहीं कह सकता। शायद ...अपनी आज़ादी फिर से पाने के लिए। पर अब तेरी बात करते हैं। शायद तू किसी मक़सद से घर से निकला है। यह देख कर अच्छा लगा। कोई मक़सद होना चाहिए। मक़सद होना अच्छी बात है। मुझे पूरा यकीन है कि तेरा मक़सद अच्छा ही होगा। बस तुझे एक सलाह देनी थी।"

लाला ने अपने कान खड़े कर लिए।

"अपने लक्ष्य और मक़सद, अपने सपने को खुशी से जीना।"

"तुम कहना क्या चाहते हो?" लाला ने पूछा।

"इसे पूरी गंभीरता से लेना। अपनी ओर से पूरी जान लगा देना। अपने मक़सद को कभी मत छोड़ना पर इसके गुलाम मत बनना। दिन-ब-दिन, ज़िंदगी जो भी दे रही हो, उसका आनंद लेना। मैंने देखा

है कि हर मामले में, तुम सही दिशा में जा रहे हो। बस इतना ही बहुत है, अभी के लिए!। तुम बंबई जाना चाहते हो। मैं थोड़े रास्ते तक साथ रहूँगा। इतनी दूर तो नहीं जा सकता। चलो, आओ आगे चलें।"

प्रकाश जानता था कि वह क्या चाहता था।

वे दोनों उस जगह पहुँचे जहाँ बड़ी नावें लकड़ी और दूसरा सामान ढो रही थीं।

प्रकाश ने एक नाव वाले को इशारा किया, शायद उसका दोस्त था। वह नाव पानी में उतार ही रहा था। प्रकाश नाव में कूद गया। लाला ने अपनी पोटली नाव में फेंकी और थोड़ी दौड़ लगा कर, वह भी नाव में कूद गया। वह आराम से नाव में आ गया था। नाव चल दी और धीरे-धीरे सन्नाटा छा गया।

लाला ने शहर को दूर से देखा। सूरज उसके महलों और मंदिरों पर जगमगा रहा था। वह सब कितना सुंदर था।

अचानक प्रकाश ने उसे ठोकर मारी और पानी में दिख रही चीज़ की ओर ध्यान आकर्षित किया।

पहले तो लाला को लगा कि वह कोई लकड़ी का लट्ठा था। पर वह तो असल में एक मगरमच्छ था, जो धीरे-धीरे तैर रहा था। लाला चुपके से थूक गटक कर उसे देखता रहा और अपने पैर नाव के अंदर कर लिए। निश्चित रूप से उसके गाँव के बाहर ख़तरों की कोई कमी नहीं थी।

और अभी तो उसका सफ़र चालू ही हुआ था। क़िस्मत से, उसे प्रकाश का साथ मिल गया था।

OOO

पांचवां अध्याय

वह नाव हौले और चुपके से किनारे पर आ लगी। वह जगह स्टेशन के ठीक नीचे थी।

उस जगह तो हाट-बाज़ार और नदी के घाट तक जाने वाली सीढ़ियों से भी ज़्यादा शोरगुल मचा हुआ था।

"अब हमें कुछ रुपयों की ज़रूरत होगी।" प्रकाश ने नाव से कूदते हुए कहा और तेज़ी से स्टेशन के प्रवेश द्वार की ओर बढ़ा।

लाला ने पूछा, "क्या गाड़ी का टिकट लेने के लिए?" वह भी आराम से उतर कर प्रकाश के साथ आ गया था।

"टिकट? मज़ाक कर रहा है क्या? हमारे सफ़र में खान-पान के लिए। हमें खाने को तो कुछ चाहिए होगा, है न?"

लाला ने कुछ नहीं कहा।

"हम दो तरह के काम कर सकते हैं।" प्रकाश आगे बोला। "या तो हम गाड़ी की खिड़कियों पर चाय बेचें या हम दोनों मिल कर कुछ करें। क्या तुझे कोई करतब आता है? जैसे कलाबाजी खाना - मतलब

अच्छी कलाबाजी या फिर तनी हुई रस्सी पर चलना? क्या तू कोई ऐसा काम अच्छी तरह कर सकता है?"

"मैं लट्टू चलाने में उस्ताद हूँ।" लाला झट से बोला।

"हम्म... ये भी काम आ सकता है।" प्रकाश सोचते हुए बोला। "दिखा मुझे।"

लाला ने अपनी पोटली में से लकड़ी का लट्टू बाहर निकाला। उसने लंबी डोरी को सावधानी से उसके आसपास लपेट दिया, एक पल के लिए सोचा और फिर फुर्ती से उसे चला दिया।

लट्टू बड़ी देर तक चलने के बाद कहीं जा कर बंद हुआ।

"वाह!" प्रकाश बोला। "हमें गाड़ी की खिड़कियों पर चाय नहीं बेचनी पड़ेगी। आज तो कमाल की जोड़ी पैदा हुई है! बस बाकी सब मुझ पर छोड़ दे।"

प्रकाश स्टेशन पर इधर से उधर कुछ सोचते हुए चहलकदमी करने लगा। वह किसी चीज़ की तलाश में था। लाला बीच-बीच में प्रकाश को देख लेता और फिर स्टेशन की चहल-पहल को देख लेता।

उसके आसपास एक पूरी दुनिया घूम रही थी। फेरी वाले, गाने वाले, भिखारी, जूते चमकाने वाले, और फिर मुसाफ़िरों की भीड़, कुछ लोग टोकरियों और बक्सों से लदे थे, कछ लोग लाल कपड़ों वाले कुलियों के पीछे चल रहे थे जिन्होंने अपने सिरों पर चमत्कारी तरीकों से सामान साधा हुआ था। हर कोई मग्न था। हर कोई अपनी मंज़िल की ओर जा रहा था, चाहे उसे दूसरों का रास्ता ही क्यों न काटना पड़े, वे उस मानवता के महासागर के बीच भी अपने में व्यस्त थे।

"कौन हमारे और हमारे खेल पर ध्यान देगा।" लाला ने विस्मय से सोचा।

एक बार फिर, उसने अपने दोस्त को कम आंक लिया था।

लाला अपनी नाक हवा में उठाए इधर-उधर ताक ही रहा था कि प्रकाश को गरम परांठों और चाय के स्टॉल के पास अपने लिए खाली जगह मिल गई, उस जगह लोग चाय-परांठे के लिए रुक रहे थे।

कुछ लोग ऐसे होते हैं जिन्हें जीवन के छोटे-छोटे सुखों में आनंद आता है। भले ही वे ज़ल्दी में हों या लोगों की भारी भीड़ के बीच हों, अगर उनके पास कुछ खाने के लिए एक मिनट का भी समय होगा तो वे चाहेंगे कि वह मिनट भी अच्छी तरह बीते और उसका पूरा आनंद मिले। यह बात भले ही छोटी है पर अगर इसे मान दिया जाए तो इंसान हमेशा जीवंत और नया-नया बना रहता है।

इस तरह, बहुत से लोगों ने चाय के स्टॉल के पास भीड़ जमा कर रखी थी। सभी अपने हाथ में थामे गिलासों से चाय की चुस्कियाँ भर रहे थे। कुछ लोग काउंटर से टेक लगाए खड़े थे; कुछ उकडूँ बैठे थे और कुछ लोगों ने अपने सूटकेस को ही आरामदायक सोफा बना लिया था। जिन लोगों को देर तक इंतज़ार करना था, वे ज़मीन पर चटाई या कपड़ा बिछाए बैठे थे। कुछ लोग तो वहीं सोए भी हुए थे।

आराम से बैठे ऐसे दर्शकों के बीच, प्रकाश ने झट से लाला का बड़ा सा गमछा बिछाया और हाथों से ताली बजाने लगा।

"देवियों और सज्जनो, अब आप एक अनूठा और निराला खेल देखने जा रहे हैं! एक जादुई लट्टू जो दुनिया के किसी भी दूसरे लट्टू के मुक़ाबले कहीं तेज़ी से और देर तक घूम सकता है। मैं अपने फेफड़ों की ताकत से इसे गिरने से रोकता रहूँगा। आप एक सौ तक गिनती करें। अगर यह सौ तक कि गिनती के बाद भी घूमता रहा, तो अपना प्रस्ताव रखें और अगर यह डेढ सौ की गिनती तक भी घूमता रहा, तो आपका ह्रदय मारे खुशी के झूम उठेगा और आपके हाथ आपकी जेबों तक चले जाएँगे।"

"लाला... तैयार हो तुम?"

लाला को कुछ समझ नहीं आया था पर उसे यह पता चल गया कि अब उसे अपना कमाल दिखाना था और बहुत अच्छी तरह दिखाना था। उसने बहुत बढ़िया तरीके से लट्टू फेंका।

लट्टू वहीं बैठे लोगों के आगे घूमने लगा। यह किसी रस्सी की तरह सीधा था।

प्रकाश गिनती करने लगा। वह पचास तक आ गया और लट्टू घूम रहा था। उसने गिनती करने का काम लाला को सौंप दिया ;

-51-

देखो, शायद धीमा हो रहा है

-52, 53, 54-

"हाँ, ये तो सच में धीमा हो रहा है। हे राम! अब हम क्या करेंगे।"

-54, 56, 57, 58-

"अरे हाँ, इसे मदद की ज़रूरत है।" प्रकाश आगे की ओर झुका और अपने हाथों पर खड़ा हो गया।

लाला गिनती करता रहा - 66, 67, 68 - प्रकाश अपने हाथों पर चलते हुए लट्टू के पास चला गया। "मुझे इसकी मदद करनी ही होगी। बेचारा लट्टू ...।" वह उसके पास जा कर पागलों की तरह फूँकें मारने लगा, मानो उसे घूमने में मदद कर रहा हो।

"बेचारा लट्टू...फू ... फू ...फू। गिरना मत, मेहरबानी करके मत गिरना... फू...फू...फू!"

75, 76, 77, 78

"हमें नीचा मत दिखाना, प्यारे लट्टू...फू...फू"

प्रकाश अपने गाल फुला कर, तरह-तरह के मुँह बनाने लगा तो लोग हँसने लगे। वह लट्टू के पीछे-पीछे अपने हाथों पर चल रहा था और हवा में पैर इस तरह लहरा था मानो अभी गिरा और तभी गिरा।

-95-

"अरे वाह, मेरे प्यारे लट्टू ...फू ...फू"

-96, 97

"शाबाश, शाबाश, चलता चल"

-98,99.... सौ, लाला चिल्लाया।

प्रकाश भी चिल्लाया और अचानक ही करिश्माई तरीके से गमछे पर सिक्कों की बरसात होने लगी।

वाकई ये तो सिक्कों की बरसात थी। लाला को अपने अंदर से बहुत गर्व हुआ। सौ की गिनती पूरी हो चुकी थी और लट्टू अब भी चल रहा था। सच में, थोड़ा हिल-डुल रहा था पर ... कौन जाने?

-105, 106, 107

लोग प्रकाश और लाला के आसपास जमा हो गए थे कई लोग कौतूहल के मारे पास चले आए।

अब लट्टू ख़तरनाक तरीके से डगमगाने लगा।

129, 130, 131 लाला का दिल तेज़ी से धड़क रहा था।

"आ जा प्यारे, अगर 150 की गिनती तक चल गया तो हम सब अमीर हो सकते हैं। पूरे सप्ताह मौज से खाना-पीना होगा। आ जा, ये लोग भी खाने से बैठे हैं।" प्रकाश लगातार बोले जा रहा था।

लट्टू को उसकी बात नहीं जमी और वह अपनी गति धीमी करने लगा।

“गंदे सूअर, हमें नीचा मत दिखा।” प्रकाश ने अपने तेवर बदले और लट्टू को ऐसी-ऐसी बातें कहने लगा जो शायद पहले कभी किसी लट्टू को सुनने को नहीं मिली होंगी।

“अलाँ के नालायक छोकरे! फलाँ के नालायक छोकरे....फू...फू... चलता रह, नीच लट्टू!”

-141, 142, 143-

अब प्रकाश सच में गिरने को तैयार लट्टू को अपनी फूंकों से चलाने की कोशिश में था। उसने अपनी आख़िरी गाली उसकी ओर उछाली।

-147, 148

“आज, मेरे प्यारे, मेरे मोती...”

-149 एक सौ पचास! लाला गला फाड़ कर चिल्लाया।

“मेरी जान!” प्रकाश ज़ोर से बोला। उसने लट्टू को ज़मीन पर गिरने से पहले ही लपक लिया और किसी बंदर की तरह उछल कर अपने पैरों पर खड़ा हो गया। उसने अपनी छोटी सी पगड़ी हाथ में ली और गोल-गोल घूमने लगा। लाला ने भी उसकी देखा-देखी वही किया। उनके दर्शक उन्हें नक़ार नहीं सके और दोनों की पगड़ियों पर छोटे-छोटे सिक्के बरसने लगे।

प्रकाश और लाला ने समय नहीं गँवाया। ज्यों ही लोग छितराए, उन्होंने अपना सामान समेटा और सिक्के गिनने लगे। सिक्के भले ही कुछ पैसे बने पर कुल मिला कर अच्छी रकम हो गई थी। छह रुपए से ज़्यादा! लाला की उमंग की सीमा नहीं थी। ये उसकी ज़िंदगी की पहली कमाई थी।

उन्होंने बहुत सादा पर स्वादिष्ट भोजन किया : ताड़ के चौड़े से पत्ते पर दाल-चावल और चपाती। जीत का जश्न मनाने के लिए मुट्ठी भर जलेबी और प्यास बुझाने को ताज़ी लस्सी। फिर उन्होंने बहुत सारे फल लिए और उन्हें लाला के गमछे में रख लिया। इसके बाद वे गाड़ी की ओर चल दिए।

गाड़ी। स्टेशन पर आने के बाद भी उलझन के बीच लाला को यह भी भूल गया था कि वह कैसे किसी दिन गाड़ी में सवार होने का सपना देखा करता था।

उसने अपनी ज़िंदगी में केवल एक ही बार रेलगाड़ी देखी थी। वह कुछ साल पहले की बात थी। वह और उसका परिवार उसकी नानी के घर गए थे। एक सुबह, वह अपनी बहन दुर्गा के साथ खेत में खेल रहा था जो उससे थोड़ी ही बड़ी थी। उन्हें पता ही नहीं चला कि वे नाना के घर से कितनी दूर निकल आए थे। जब वे जंगली घास के खेत में एक-दूसरे के पीछे भाग रहे थे, तो लंबी टहनियों और रोएँदार घासों ने उन्हें लगभग छिपा ही रखा था, अचानक उन्हें दूर से एक विचित्र सी आवाज़ आती सुनाई दी।

यह गाड़ी की सीटी की आवाज़ थी, लाला और उसकी बहन ने एक-दूसरे को सहमी हुई निगाहों से देखा। वे वहीं रुक गए और हाथ थाम लिए। आवाज़ पास आ रही थी। कौतूहल भय पर हावी होने लगा। वे उस अजीब और खुशनुमा लगने वाली आवाज़ की ओर भागे, वे लगातार भागे, हालांकि अब वे एक और नई रहस्यमयी आवाज़ को अपने और निकट आते सुन सकते थे, वह पास, और पास आ रही थी। किसी बड़े से घोड़े के हांफने जैसा स्वर - हफ-हफ-हफ।

वे लंबी झूमती घास के बीच और तेज़ी से भागे। अचानक हांफने की आवाज़ शोर में बदल गई, उस जगह और पौधे नहीं थे। लाला और

दुर्गा ने कस कर हाथ पकड़े हुए थे, उन्होंने खुद को, एक ऊँची ज़मीन के पास खुले में पाया, जिससे रेल की पटरी जा रही थी। उन्होंने अपना मुँह उठाया तो एक बड़ी सी रेलगाड़ी भाप और धूल के बादल उड़ाती आती दिखाई दी, वह अपने साथ बहुत सारे डिब्बे ला रही थी।

लाला तो हक्का-बक्का रह गया। लंबा काला धुआं तेज़ी से नीले आकाश की ओर जा रहा था। गाड़ी तेज़ी से भाग रही थी और उसके साथ हज़ारों जीवंत छवियाँ दिख रही थीं। गाड़ी की आवाज़ ने दोनों बच्चों को मंत्रमुग्ध कर दिया था। छुक-छुक-छुक... बस फिर देखते ही देखते वह ओझल हो गई और सफेद बादलों के बीच उठते हल्के धुएँ के अलावा सन्नाटा छा गया।

वह जा चुकी थी। पर लाला के दिल में एक ऐसी तस्वीर बन गई थी जिसे वह कभी भुला नहीं सकता था। एक दूसरी दुनिया की छवि, जादुई और रहस्यमयी, जिसने उसके दिल को छुआ, जो कहीं और बसती थी।

और आज, लाला उसी रेल गाड़ी में सवार होने जा रहा था। उसका बड़ा सा रोमांच पूरी तरह से जारी था और वह महा नगरी की ओर जा रहा था।

"इस ओर!" प्रकाश चिल्लाया, उसके लिए स्टेशन जानी-पहचानी जगह लग रही थी।

"पर ...हम तो टिकटें खरीदने नहीं जा रहे?" लाला ने शरमाते हुए कहा। "तीसरे दर्जे के बेशक़!" उसने अपनी ओर से बात जोड़ी ताकि दिखा सके कि उसे भी कुछ तो मालूम था।

प्रकाश ज़ोरों से हँस दिया। "हम किसी भी दर्जे से बाहर सफ़र करने वाले हैं, चल।" उसने लाला से कहा और उसका हाथ पकड़ लिया। लाला अब समझने लगा था ...गाड़ी की छत पर - वे रेलवे कोच की छत पर सफ़र करने वाले थे!

"पर पुलिस...टिकट देखने वाले..."

"उधर तो जोखिम है, जब गाड़ी तेज़ी से चलेगी।"

"डर की कोई बात नहीं। प्रकाश बोला। "जहाँ तक पुलिस की बात है, हम आख़िर में चढ़ेंगे, जब गाड़ी चलने वाली होगी।" जब लाला ने यह सुना तो उसका गला सूख गया। टिकट देखने वालों को परवाह नहीं और अगर गाड़ी तेज़ होगी तो बस इतना याद रखना कि सुरंग आते ही लेटना है। बस यही तो करना है।"

लाला ने उसे देखा और समझ गया कि अब बात करने के लिए कुछ ख़ास नहीं था। उसने तीन बार थूक निगला और सिर पर हल्का सा टहोका देकर अपनी पगड़ी सीधी की।

हालांकि अभी गाड़ी के छूटने और उनकी रोमांच की सवारी चलने में समय था, यह इस बात का संकेत था : "ठीक है, मैं समझ गया। यह करना ही होगा और मैं ज़रूर करूँगा।" अचानक उसका हाथ गले में कृष्ण की मूर्ति पर गया और उसने उन्हें सहलाया। इस बार भी कान्हा उसके साथ थे। चलती गाड़ी की छत पर चढ़ना क़ामयाब रहा।

इस तरह, गाँव से निकलने के पहले ही दिन दोपहर को लाला अपने एक दोस्त के साथ था, पोटली में खाने-पीने का सामान था और वे एक लंबी सी रेलगाड़ी की छत पर सवार होकर बंबई जा रहे थे।

OOO

छठा अध्याय

इस तरह वह यात्रा आरंभ हुई जो लाला को कभी नहीं भूलेगी।

कहना न होगा कि शुरुआत में उसे थोड़ा डर भी लगा। गाड़ी रफ़्तार पकड़ रही थी, सीटी बजाते हुए धुआँ उगल रही थी। वह बुरी तरह से हिल रही थी। और लाला उससे भी ज़्यादा हिल रहा था। वह कह नहीं सकता था कि वह गाड़ी के कंपन की वजह से हिल रहा था या यह डर की वजह से था।

फिर धीरे-धीरे लाला थोड़ा आराम से बैठा, उसे पकड़ने के लिए कोच की छत से निकला पाइप मिल गया। प्रकाश के साथ पीठ से पीठ लगाए बैठे लाला ने निश्चिंत होकर इधर-उधर देखना चालू किया।

वे लोग आगे वाले डिब्बों की छत पर थे और अगर प्रकाश का मुँह आगे की ओर था, अगर सुरंग आती दिखती तो वह चिल्ला सकता था, 'सिर नीचे करो।' लाला की आँखों के आगे लंबी गाड़ी पसरी हुई थी।

वह एक लंबी सी इल्ली जैसी लग रही थी। एक बड़ी सी इल्ली, पटरी पर अपनी राह बनाती चल रही थी, उसके अलग-अलग रंग सूरज की रोशनी में चमचमा रहे थे। और लाला को बहुत अच्छा लगने लगा था।

नज़ारा तो वाकई कमाल था! वे गंगा घाटी के विशाल और उपजाऊ मैदानों से होकर निकल रहे थे। लंबे इंतज़ार के बाद आने वाला मानसून, आख़िरकार खेतों में पानी में ले आया था और किसान दूसरी फसल की तैयारी के लिए जी-जान से जुटे थे।

लाला ने जो भी देखा, वह तो भावों का कभी न ख़त्म होने वाला स्त्रोत था। मानो कुछ घंटों पहले तक जो रायपुर के कुछेक खेत और उसकी अपनी ज़मीन उसकी पूरी दुनिया थे, वही अब सौ गुना, हज़ार गुना हो कर सामने थे ... कौन जाने, उससे भी कहीं ज़्यादा। लाला पहले तो हैरान हुआ और फिर आश्वस्त हो गया।

कुल मिला कर, उसके कौतूहल और विस्मय का कारण बनी बाहर की दुनिया काफ़ी हद तक उसकी अपनी दुनिया जैसी ही थी। यह सच है कि शायद महानगरी नौटंकी वालों के सुनाए किस्सों में भयंकर और विशाल राक्षस सी लगती थी पर अब तक वह जो देख चुका था - और बहुत सारा देख चुका था; वह उसकी दुनिया के छोटे हिस्से से बहुत अलग नहीं था। कितना सुंदर!

वह जिस ओर भी देखता, खेतों में हल चलाते बैल दिखाई देते। किसान बीज बो रहे थे, औरते रंगीन साड़ियों में सजी, कुँओं से पानी के चमचमाते बर्तन भर कर पानी ला रही थीं। बच्चे गाड़ी के साथ-साथ भागते और फिर सामूहिक आवाज़ों का वह गान धीरे-धीरे उनसे दूर होता चला जाता।

लाला को वह समय याद आया, जब उसने पहली बार दुर्गा के साथ रेल देखी थी और गर्व व भावनाओं के बीच घिर गया था। अब वह कोई छोटा बच्चा नहीं रहा था जिसने लोहे के रहस्यमयी घोड़े को फुफकारते और सीटी बजाते देख हल्ला मचा दिया था। अब वह खुद उस गाड़ी की छत पर बैठा था। वह अपने पीछे अपने सारे बचपन और गाँव को छोड़ आया था। हालांकि वह सहमा हुआ था पर उसके कदम महा नगर के जीवन की ओर बढ़ रहे थे।

वे गाँवों और छोटे कस्बों से हो कर निकले। गाड़ी एक बड़े से कस्बे में जा कर ठहरी।

लाला उतरना नहीं चाहता था। बेशक, प्रकाश गाड़ी से उतरा। वह भाग कर गाड़ी से उतरा ताकि थोड़ा पानी ला सके और वह तभी वापिस आया जब गाड़ी चलने को तैयार थी। तब तक प्रकाश को पूरा यकीन हो गया था कि अब वह प्रकाश को खोने वाला था। और हमेशा की तरह, प्रकाश आख़िरी मिनट में अपने डरपोक दोस्त का मज़ाक उड़ाते हुए और दिलासा देते हुए) ठीक सामने खड़ा हँस रहा था।

वे अंतहीन खेतों से होकर निकले, जहाँ के खेत दोनों ओर से, कमाल के रंगों से सजे हुए थे। हरा रंग अपनी पूरी छटा के साथ मौजूद था। धान के खेतों में जादुई आभा बिखेरता हरा रंग इतना हरा था मानो किसी अनाड़ी पेंटर ने रंगों का इस्तेमाल पहली बार किया हो। सरसों के खेतों का हैरान कर देने वाला पीला रंग ऐसा लग रहा था मानो हज़ारों गाने वाली **कनारी** चिड़ियों ने मिल कर समारोह किया हो। मज़ेदार सूरजमुखी फूलों का हरा और केसरिया रंग। उनकी क़तारें

बड़े ही मन से सूरज के साथ-साथ धीरे-धीरे बड़ी पंखुड़ियों वाले सिर के खिलते जा रही थीं। गीली और हाल ही में जोती गई मिट्टी के सभी भूरे रंग, चॉकलेट की तरह लग रहे थे। वह दिखने में इतनी प्यारी और खुशहाल थी कि उसे देखते ही, एक टुकड़ा मुँह में रखने का मन करता था। पर असली आनंद तो उस मिट्टी के इस वादे में छिपा था कि उस पर की गई मेहनत और धीरज का फल ज़रूर मिलेगा।

और आंखों के आगे से निकलती उस पच्चीकारी के सैंकड़ों, हज़ारों रंग ... कौन जाने, लाला के बाबू जैसे कितने किसान झुक कर, खेतों में काम करते हुए, जीवन के उस महान चक्र को पूरा करने की मंशा लिए हुए होंगे। लाला को लगा कि वह अपने ही घर में था पर इस बार वह पूरी दुनिया, उसका घर थी। गाँवों से सजा मेहनती और संपन्न भारत और उसके खेत! उसने अलाव के पास रात को गाना गाते हुए बूढ़ों के गीतों में उसके बारे में सुना था।

वे विशाल नदियों से गुज़रे, वे उन लंबे पुलों से जा रहे थे, जिनके बारे में लाला सोच तक नहीं सकता था। जब वे पहले पुल से निकले तो लाला का कलेजा मुँह को आ गया था। प्रकाश ने हमेशा की तरह, उस बात का भी मज़ाक बना दिया।

लाला हरे खेतों को ताक रहा था कि उसे किसी ने कोहनी से टहोका दिया, "अरे देख, हम पानी में गोता लगाने वाले हैं।" प्रकाश गला फाड़ कर लाला के कानों में चिल्लाया।

लाला ने मुड़ कर देखा और पाया कि उनकी गाड़ी पूरी गति से विशाल नदी की ओर बढ़ रही थी।

लाला ने अपने-आप से कभी नहीं पूछा था कि गाड़ियाँ नदियों को कैसे पार करती थीं। उसने गाड़ियों के बारे में अभी हाल ही में जाना था और उनसे जुड़े कोई ख़ास सवाल दिमाग में नहीं थे। और अब एक ही पल में, उसके पास खुद को पुल, उनकी लंबाई और मज़बूती के

बारे में यकीन दिलाने का समय नहीं था।। उसे बस इतना ही समझ आया कि उनकी रेलगाड़ी उस विशाल नदी में गिरने जा रही थी और यह सोचते ही उसका लहू जम गया।

एक पल के लिए उसने सोचा कि गाड़ी रुक जाएगी पर वह तो तेज़, और तेज़ होती चली गई। वह छुक-छुक करती, सीटी बजाती नदी की ओर बढ़ी जा रही थी।

लाला ने आंखें बंद कर लीं। वह अपने कान्हा की मूर्ति तक को नहीं छू सका क्योंकि उसने हाथों से छड़ें पकड़ी हुई थीं। हालांकि वह मन में अपने कान्हा को ही याद कर रहा था। वह सांस रोके उस अदृश्य छपाक के इंतज़ार में था ... फिर उसने किसी तरह हिम्मत करके आंखें खोलीं और पाया कि गाड़ी पुल के ऊपर तेज़ी से भागे जा रही थी और प्रकाश ठहाके लगा रहा था।

और गाड़ी ने गति पकड़ ली .... कू...छुक-छुक, छुक-छुक, छुक-छुक ...और वे मध्य भारत के पठारी इलाके में थे। वहीं से पहाड़, खाईयाँ और तंग नदी घाटियों की शुरुआत होती थी।

सिर नीचे, सुरंग है! प्रकाश ने चीख कर वह चेतावनी दी जिसका बहुत समय से डर बना हुआ था। लाला चपटी रोटी सा सीधा लेट गया। प्रकाश इतना हड़बड़ाया हुआ नहीं था, वह आराम से उकडूँ बैठा रहा।

कुछ देर बाद, सब ओर अंधेरा हो गया। शोर कानों को फाड़ रहा था। जैसा कि हम जानते हैं, लाला को अंधेरे से डर लगता था और यह एक ख़ास अंधेरा था जिसमें चारों ओर से डरावनी आवाज़ें आ रही थीं। वह हवा के तेज़ ज़ोर से कांप रहा था, गाड़ी से निकलते धुएँ ने तो जैसे दम ही घोंट दिया था। लगता था कि ये कभी ख़त्म नहीं होगा। लाला बहादुरी दिखना चाहता था, पर ...वह ऐसा नहीं कर सका।

"मैं... मुझे ऐसा लग रहा है जैसे किसी बड़े सांप ने निगल लिया हो ....और मैं उसके पेट में पड़ा हूँ!" वह किसी तरह अपने दोस्त के कान में चिल्लाया।

उसे कानफोड़ू शोर के बीच प्रकाश ने किसी तरह चिल्ला कर कहा, हो.....। बस लाला को यही सुनाई दिया पर यह समझने के लिए बहुत था कि वे ज़ल्दी ही उस सांप के पेट से बाहर होंगे।

और ठीक ऐसा ही हुआ। जैसे ही लाला को लगा कि उसका दम निकल जाएगा। सुरंग ख़त्म हो गई और उसका ध्यान प्रकाश की ओर गया। वह उसे देखते ही हँस-हँस कर दोहरा हो गया।

प्रकाश पूरी तरह से काला हो गया था। वह धुएँ से भरा हुआ था। और वह भी पागलों की तरह हँस रहा था। छोटा सा लाला एक चिमनी जैसा दिख रहा था।

और भी कई सुरंगें आईं, पर वे बहुत बड़ी नहीं थीं। फिर सूरज ढलने लगा। आकाश लाल से नीला हो गया। आकाश में सितारों के बीच निकला हुआ चंद्रमा ऐसा लग रहा था जैसे किसी ने कटोरा पलट दिया हो। आसपास की पहाड़ियों पर बने छोटे गाँवों में जलती रोशनियाँ, रात के अंधेरे में छोटे बिंदुओं की तरह लग रही थीं।

"क्या तुम्हें पता है कि ये डकैतों का इलाका है?" प्रकाश ने हमेशा की तरह लाला की तंद्रा तोड़ते हुए कहा।

"और डकैत कौन होते हैं?" लाला ने कौतूहल से पूछा।

"डाकू! वे इस इलाके को अंदर-बाहर अच्छी तरह जानते हैं। वे रात के अंधेरे में निकलते हैं और इन इलाकों से निकलने वाले लोगों को लूट लेते हैं। बैलगाड़ियाँ, ट्रक, कोच और कभी-कभी रेलें भी! पुलिस उनके छिपने के ठिकानों में घुसने की हिम्मत नहीं कर सकती। इलाके के लोग उनकी सुरक्षा करते हैं। हर लूट के बाद, पैसों का कुछ हिस्सा हर परिवार को मिल जाता है। उनका मुखिया किसी मिथक से कम नहीं था। उसका नाम सुलताना था और उसे कोई नहीं पकड़ सकता था। उसके सिर पर बड़ा इनाम रखा गया था।

लाला ने सब कुछ दम साधे सुना, "कल रात" उसने सोचा। 'कल मैं सांपों के डर से दम साधे हुए था। आज सांपों का डर तो नही रहा पर इस नामुराद गाड़ी पर, सारी रात डाकुओं के इलाके में बिताने का डर आन पड़ा!' असल में उसे डर से ज़्यादा थकान महसूस हो रही थी। वह थोड़ी देर सोना चाहता था, पर गाड़ी की छत पर? कहीं वह नींद में पलट जाता तो?

प्रकाश ने जैसे लाला के मन की बात पढ़ ली। उसने उसे उठने का इशारा किया। वह बोला, "चल, मैं तुझे होटल ले चलूँगा। जब हम पिछले स्टेशन पर थे तो मैंने थोड़ा मुआयना कर लिया था। हम एक कोच में अंदर जा सकते हैं। वह माल रखने का डिब्बा है। पता नहीं,

उसमें क्या जा रहा है, पर खिड़की की छड़ें चौड़ी हैं। हम आसानी से उनमें से निकल सकते हैं। हमें कोई नहीं देखेगा। सुबह से पहले, हम फिर से छत पर वापिस आ सकते हैं।"

प्रकाश ने हमेशा की तरह, उसे कोई सलाह नहीं दी थी; वह तो सबसे बेहतर फ़ैसले लेता था। लाला बस यही कर सकता था कि उसके फ़ैसलों पर चले।

क़िस्मत से, गाड़ी धीरे-धीरे चल रही थी। प्रकाश ही पहले नीचे उतरा। सब ओर सन्नाटा छाया था। लाला भी मुड़ते हुए, उसके पीछे खिड़की तक पहुँच गया, उसने अपने दोनों हाथों से छत को थाम रखा था। सब कुछ अंधेरे से घिरा था और उसके पैर लटक रहे थे। वह कुछ देर इसी तरह रहा, उसे समझ नहीं आ रहा था कि उसके बाद क्या करना था। उसने प्रकाश को पुकारा जो नीचे तक पहुँच गया था और इसके साथ ही माचिस जला दी थी।

ज्यों ही प्रकाश ने माचिस जलाई। उस जगह कोहराम मच गया। वे उस कोच में थे जो मुर्गियों के चूज़े जा रहा था। दर्जनों-दर्जनों चूज़े, छोटे-छोटे पिंजड़ों में ठूँसे हुए थे, जिनसे उनके सिर और पिछवाड़े बाहर निकल रहे थे। वे अचानक रोशनी और शोर से जागे और एक साथ क्वैक-क्वैक करने लगे।

उस कोलाहल के बीच असंख्य पंख इधर-उधर उड़ रहे थे। लाला प्रकाश की बाजुओं में गिर कर हँसने लगा।

दो ही मिनट बाद, उन डरे चूज़ों के शोर के बावजूद, वे दोनों आपस में गरमाहट के बीच लिपटे गहरी नींद में सो चुके थे।

OOO

सातवां अध्याय

पहले प्रकाश ही नींद से जागा।

अब भी अंधेरा ही था पर उसके मन ने कहा कि कुछ तो गड़बड़ थी। उसे खुली जगह में, अजीब जगहों और हालात के बीच सोने की आदत थी इसलिए वह हमेशा एक आँख खोल कर सोता और उसके अंदर किसी छोटे जंगली पशु जैसी फुर्ती और मुस्तैदी थी।

वह उस गहरी ख़ामोशी की वजह से उठ गया था। गाड़ी रुकी हुई थी पर वह कोई स्टेशन नहीं था। सुई भी गिरे तो आवाज़ सुनाई दे, ऐसा सन्नाटा था।

प्रकाश ने लाला के मुँह पर हाथ रखा और उसे कंधे से पकड़ कर हिला दिया।

उम्म... उम...उम। लाला गहरी नींद से जाग कर भौंचक्का सा था और प्रकाश ने मुँह पर हाथ भी रखा हुआ था

"चुप रहना .... प्रकाश उससे बोला। हैं कम से कम आवाज़ करते हुए उठना।"

चूज़े भी गहरी नींद में थे, बीच-बीच में उनकी हल्की सरसराहट के सिवा कोई शोर नहीं था। लाला बिना आवाज़ किए, कोच के अंधेरे में उठ बैठा। प्रकाश पहले ही उसके पास बैठा था।

"मुझे अपने कंधों पर चढ़ने दे। मैंने देखना है कि बाहर हो क्या रहा है।"

लाला ने दोनों हाथ जोड़ कर सीढ़ी सी बनाई और प्रकाश उस पर अपने पैर रख कर उचक गया।

"डकैत!" प्रकाश हौले से बुदबुदाया।

"मुझे पता था।" लाला अपने सामान्य स्वर में बोला।

"चुप कर पागल। अगर उन्होंने सुन लिया तो हम पकड़े जाएँगे।" प्रकाश धीरे से बोला। "उन्होंने गाड़ी रोक दी। है। वे घोड़ों पर सवार हैं और मुँह पर कपड़े बँधे हैं। वे मुसाफ़िरों के हाथ ऊँचे करवा कर, डिब्बों से उतरवा रहे हैं। फिर सबको ज़मीन पर लेटने को कहा जा रहा है! तू चुप रह!"

लाला साँस तक नहीं ले रहा था।

"चुप! चुप! चुप। एकदम चुप! प्रकाश यही बोलता जा रहा था। लाला ने उसे पहली बार इतना भावुक देखा था। चुप! चुप! एकदम चुप!"

लाला मूरत की तरह अडोल बैठा रहा। अचानक उसे अपने चेहरे के आगे कुछ हिलता दिखाई दिया। एक चूज़े का पिछवाड़ा ठीक उसकी नाक के आगे था। उसे चूज़े की बीट से कोई परेशानी नहीं थी। दरअसल उसे पंखों की वजह से नाक में गुदगुदी हो रही थी जिसकी वजह से कभी भी छींक आ सकती थी।

"चुप कर, वरना ये लोग हमें मार देंगे।" प्रकाश अब भी यही बोले जा रहा था।

और पंख नाक के आसपास मंडराता रहा।

"चुप कर! चुप कर!"

लाला अब और सहन नहीं कर पाया। उसे छींक आने ही वाली थी। आ....

उसने प्रकाश के टखने कस कर पकड़ लिए और बिल्कुल झुक कर अपनी छींक पूरी की छी....। छींक आने से पंख भी परे हो गया था और नाक में गुदगुदी होनी भी बंद हो गई थी।

पर अब प्रकाश का दिमाग घूम गया।

"आह, तो ये छींक मारने का सबसे सही समय मिला तुझे? वह गुस्से बोला। ज़रा उठ कर देख, तेरे अंदर इतनी हिम्मत है कि तू बाहर देख सके? चल, तू भी देख।"

इससे पहले कि लाला कुछ कहता, प्रकाश ने उसे कंधों पर उठा लिया और अब वह रोशनदान से बाहर देख पा रहा था।

सुबह होने को थी। उसे सबसे पहले डाकुओं की आँखें दिखीं। वे रंगीन पगड़ियों और रुमालों के बीच आग के जलते अंगारों जैसी लग रही थीं। वे सब पुरानी बंदूकों और हथियारों से लैस थे।

सच कहें तो लाला के पास डरने का भी समय नहीं था। यह दृश्य देखने में मज़ाकिया हो गया था। दर्जनों लोग पेट के बल ज़मीन पर लेटे हुए थे। डाकू उनकी क़मीज़ों और पैंटों की तलाशी ले रहे थे।

अचानक ही हलचल होने लगी। एक सुंदर से सफ़ेद घोड़े पर सवार आदमी आगे को आया जो देखने में उनका मुखिया लग रहा था। "चलो निकलें! हमें इस जगह पहले ही बहुत देर हो गई।" उसने अपने आदमियों से कहा। उन लोगों ने झट से कांपते मुसाफ़िरों की तलाशी पूरी की।

वे जाने ही वाले थे कि डाकुओं के सरदार का घोड़ा हिनहिनाया। उसने एक सांप देख लिया था। डाकू किसी तरह गिरते-गिरते बचा, पर उसकी नाक से रूमाल निकल गया।

चौड़ा सा जबड़ा और बड़ी-बड़ी मूंछें; वह तो जवान था।

"सबका सिर नीचे।" वह गला फाड़ कर चिल्लाया, मुसाफ़िर तो पहले से डरे हुए थे। कभी किसी ने सुलताना का चेहरा नहीं देखा और दूसरों को बताने के लिए ज़िंदा भी नहीं रहा।

लाला ने उसे देख लिया था। और सुलताना, उसकी निगाहें हर ओर नियंत्रण रखने के लिए घूम रही थीं, उसने भी लाला को देखा। उनकी नज़रें मिलीं। पल भर के मिली थीं नज़रें पर लाला को लगा वह हमेशा ऐसा ही रहने वाला था। सुलताना की नज़रों ने लाला को भेद दिया था। लाला झट से रोशनदान से पीछे को हटा और धड़ाम से नीचे आ गिरा।

मुर्गी के बच्चे शोर से जाग कर हल्ला मचाने लगे। फिर से ढेर सारे पंख हवा में फैल गए।

"सरदार, उधर कोई है। उसने आपको देख लिया है।" सुलताना के आदमी चिल्लाए।

लाला और प्रकाश कोच के फ़र्श पर सिमट कर बैठ गए, उन्होंने आँखें मूंद कर खुद को कृष्ण के हवाले कर दिया था।

"छोड़ो! छोड़ो! जाने दो। हमारे पास समय नहीं है। पुलिस कभी भी आती होगी। यहाँ से निकल लो!"

लाला और प्रकाश ने घोड़ों के जाने की आवाज़ें सुनीं : तकड़... तकड़...तकड़.. फिर वे आवाज़ें आनी बंद हो गईं।

सन्नाटा छा गया।

फिर सारे मुसाफ़िर मिल कर चीखने और चिल्लाने लगे। ऐसा लग रहा था कि वे सब नशे में धुत्त हों।

पुलिस एक पुरानी खटारा जीप ले कर आई। एक बड़ा सा हवलदार लाठी लिए उतरा। उसने वहीं अपनी पूछताछ चालू कर दी।

मुसाफ़िर एक साथ बोल रहे थे। पुलिस वाले ने उन्हें एक-एक बोलने को कहा पर ज्यों वह कोई सवाल करता, सब एक साथ बोलने लगते। लाला और प्रकाश कोच की दीवार से कान लगाए हुए थे, वे एक भी शब्द सुने बिना नहीं रहना चाहते थे। धीरे-धीरे पुलिस वाला उस शोरगुल और बातों के बीच पूरे घटना का ब्यौरा ले रहा था।

"लाला, चल निकल इधर से।" प्रकाश ने झट से नतीजा निकाला। "कुछ ही देर में वे लोग हमारी तलाश में इस जगह होंगे और पुलिसवाले तो डाकुओं से बदतर हो सकते हैं।"

यह कहते ही वह लाला के कंधों पर सवार हुआ और खिड़की के रास्ते छत पर खिसक गया। ठीक उसी समय मुसाफ़िरों ने पुलिसवाले को मुर्गियों वाले डिब्बे की ओर संकेत किया।

प्रकाश ने अपनी पगड़ी को खिड़की से बाँधा और लाला से कहा, "ज़ल्दी कर, बाहर आ जा!"

लाला ने पगड़ी पकड़ी और पूरी तेज़ी से चढ़ने की कोशिश करने लगा। वह खिड़की के पास आ गया था ज्यों ही उसने उचक कर ऊपर होना चाहा...

बहुत देर हो चुकी थी!

दो हाथों ने उसे संडासी की तरह कस कर पकड़ लिया था। नीचे से कोई गरजा, "हरामी, तू इधर क्या कर रहा है? तू हमारे बड़ा काम आएगा।"

प्रकाश, छत पर सिर नीचा किए लेटा था, उसने अपने से कुछ इंच

की दूरी पर लाला का चेहरा देखा पर उनके बीच में एक जाली थी। वह उसकी आँखों में देखते हुए बोला, "मेरे दोस्त, हिम्मत। याद रखना, अपनी हिम्मत कभी मत हारना।" और वह गाड़ी के दूसरी ओर छलांग लगा कर सन्नाटे से घिरे इलाके में ओझल हो गया।

लाला फिर से अकेला था। अब वह पुलिस के हाथों में आ चुका था।

"इस बार तो उसे पकड़ ही लेंगे। पुलिस वाला बोला। सुलताना हमें और बहका नहीं सकता। मेरे आदमी उसके पीछे हैं और अब उसके आदमी बहुत दूर तक नहीं जा सकते। हमें सही समय पर ख़बर मिल गई। वे गुफाओं में छिपने के ठिकानों तक नहीं जा सकेंगे।"

सबने मिल कर पुलिसवाले को शाबाशी दी।

"मुझे पहले ही पता था कि वे क्या करने वाले हैं। पुलिस वाला बोला। वे लोग आम लोगों में घुल-मिल जाते हैं और इस तरह दिखाते हैं मानो वे भी आग जनता ही हों। पर हम उन्हें इस जगह लेकर आने वाले हैं, तुम उनकी पहचान करोगे। मुझे सबने बताया है कि जब सुलताना के चेहरे से रूमाल हटा तो तुमने उसे देखा था। इस बार वह बच नहीं सकता। आ गए मेरे आदमी।"

जब वह बोल रहा था तो उसका एक आदमी लाला को कान से खींच कर मैदान में ले गया जहाँ सुलताना ने मुसाफ़िरों को लिटाया था। पुलिसवाले अपने साथ कुछ फटे कपड़े वाले लोगों को ले कर आ गए।

लाला तो उन डाकुओं को पहचान ही नहीं पा रहा था। अब वे कितने अलग लग रहे थे; न हथियार और न घोड़े। अब ठनकी आँखों में वैसी चमक भी नहीं थी। लाला ने सुकून की साँस लेते हुए सोचा, "ये डाकू लोग नहीं हैं।"

फिर जब वे पास आए तो लाला ने उन्हें पहचान लिया। सुलताना

भी उनके बीच था। उसने एक फटा कुरता और ढीली सी धोती पहनी थी। वह नंगे पैर था और सिर पर पगड़ी नहीं थी। बेशक़ वह सुलताना ही था। लाला उसका चेहरा कैसे भूल सकता था।

पुलिसवालों ने उन सबको लाला के आगे क़तार में खड़ा कर दिया। मुसाफ़िर भी दीवानों की तरह भीड़ लगाए खड़े थे। पुलिसवाले कोशिश करने पर भी उन्हें पीछे नहीं हटा पा रहे थे। लाला इस भयंकर हालात के बीच किसी तरह खड़ा रहा।

"आओ, क्या तुम इन्हें पहचानते हो?" लंबी लाठी वाला पुलिसवाला चिल्लाया।

लाला कुछ नहीं बोला। उसके दिल की धड़कन तेज़, और तेज़ होती जा रही थी।

"शायद तुमने दूसरों को नहीं देखा पर तुमने उसे देखा है और वह इन लोगों के बीच ही है। हम यह जानते हैं। हमें बताओ कि वह कौन सा है?"

लाला कुछ कहे बिना सिर झुकाए खड़ा रहा।

"देखो इन्हें।" पुलिसवाला गरजा। फिर, अचानक उसे लगा कि बच्चों के साथ शिष्टता से पेश आना चाहिए, यही बेहतर होता है। वह बड़े ही आराम से लाला से बोला, "नन्हे हरामी! ज़रा ध्यान से देखो, सुलताना कौन है, यह बता दो, तुम्हें बड़ा सा इनाम मिलेगा। वरना बिना टिकट यात्रा करने के जुर्म में अंदर कर देंगे। जेल में जा कर ही मुँह खोलने का इरादा है क्या कमीने? चल ज़ल्द बोल, कौन सा है सुलताना?"

लाला ने निगाहें उठाईं और उस गरीब आदमी को देखा जिसे पुलिसवाले ने आगे धकेल दिया था। लाला ने सिर हिलाया। फिर दूसरे आदमी को आगे धकेला गया। और फिर तीसरा - जब तक सुलताना की बारी नहीं आ गई।

"ध्यान से देख हरामी, हम इस डाकू को पहचानते हैं।" पुलिसवाले ने धमकी देते हुए कहा। "पहले भी दो बार पकड़ा है पर पर कोई शिनाख़्त नहीं कर सका तो हमें इसे छोड़ना पड़ा। इस बार की बात अलग है। तू इसे पहचान सकता है! तूने इसे देखा है। इस बार यह बच कर नहीं जा सकता। चल, देख इसे और बता।"

लाला ने धीरे से ऊपर देखा। सुलताना ने भी उसे देखा। अब उसकी नज़रों में डाकुओं के सरदार जैसी ताब नहीं थी। अब तो वह कैदी बना खड़ा था। पर उसकी आँखों में डर का नामोनिशान नहीं था। वह डरा या सहमा हुआ भी नहीं दिखा। वह किसी आज़ाद ख़्याल इंसान की नज़रें थीं जिसके हाथ बाँध दिए गए हों।

लाला ने उसके हाथों को देखा। वे तो किसी किसान के हाथों जैसे ही थे, हाथों में घट्टे पड़े थे और नाखून टूटे हुए थे। उसे देख कर लाला को अपने बाबा और भाईयों के हाथ याद आ गए।

उसने एक झटके में अपना मन बना लिया, जैसे वह दूसरे फ़ैसले भी लिया करता था। लाला कुछ नहीं कहेगा। उसने पूरे जीवन में कभी झूठ नहीं कहा था, वह एक ईमानदार बच्चा था। वह जानता था कि सुलताना गैरक़ानूनी काम करता था पर मन ही मन ऐसा लगा कि उसे सुलताना के बारे में पुलिस को नहीं बताना चाहिए।

"ज़ल्दी बोल, क्या तू इसे पहचानता है?" पुलिसवाला अपना ध ीरज खो कर फिर से दहाड़ा।

लाला ने नज़रें नीची कीं और सिर हिलाया।

मुसाफ़िरों के बीच से लानतें उठने लगीं।

"देखो तो हरामी को! पाजी कहीं का।"

पुलिसवाले की आवाज़ सबसे तेज़ थी। "मैं तुम्हें बरबाद कर दूँगा। जेल में डाल दूँगा। उसे इतना गुस्सा आ रहा था कि कुछ बोल भी

नहीं पा रहा था। वह अपने बाजू हिलाते हुए हांफ रहा था, हाथों में ख़तरनाक तरीके से लाठी झूल रही थी। पता नहीं क्यों, लाला को अपने भीतर से बहुत सुकून मिला।

"ज़ल्दी बोल, बक दे फटाफट। ऐसा कैसे हो सकता है कि तूने सुलताना को न देखा हो? तू डिब्बे की खिड़की पर था; उन्होंने तुझे गिरते हुए देखा। बक दे वरना! बक ज़ल्दी!"

अचानक ही लाला को उपाय सूझ गया। वह बहुत अच्छी तरह हकला सकता था। कोई दूसरा कितनी भी कोशिश करे, उसकी तरह नहीं हकला सकता था। यदि लाला चाहता तो बिना हकलाए बोल सकता था क्योंकि वह घबराया हुआ नहीं था पर इस बार, वह पहली दफा अपनी परेशानी को हथियार बना कर इस्तेमाल करने वाला था।

तो लाला ने अपनी ओर से हकलाना चालू कर दिया। उसने किसी हकले की तरह हकला-हकला कर बोलना चालू किया। उसके मुँह से निकले शब्दों से कुछ समझ नहीं आ रहा था, उसका चेहरा लाल हुआ और फिर वह फूट-फूट कर रोने लगा। उसका रोना नकली नहीं था। बहुत देर तक हकलाने और पिछले कुछ घंटों के डर की वजह से उसे बहुत रोना आ रहा था। वह बड़ी देर तक, खुद को रोके बिना रोता रहा।

सारे दर्शक शांत हो गए थे। पुलिसवाला आपे से बाहर था। उसका चेहरा लाल था और देख कर लगता था कि उसे कभी भी दौरा आ सकता था। वह किसी तरह चिल्लाया, "बस बहुत हो गया। लेकर जाओ इसे, वरना ये मुझे बरबाद कर देगा। मुझे पुलिस की नौकरी से निकाल दिया जाएगा। लेकर जाओ इसे। और तुम लोग गाड़ी में वापिस चलो। तमाशा पूरा हो गया। गाड़ी चलने वाली है। मैं इन लोगों को देख लूँगा।" उसने कैदियों के सिरों पर लाठी घुमाई।

मुसाफ़िर बुदबुदाते हुए अपने डिब्बों की ओर चल दिए। पुलिस वाले

अपनी खटारा जीपों में सुलताना और उसके आदमियों के साथ चले गए। लाला उस मैदान में अकेला खड़ा था, जिस जगह कुछ ही देर पहले चहल-पहल हो रही थी।

गाड़ी फिर से चलने को तैयार थी। लाला जानता था कि उसके पास छत पर चढ़ने की हिम्मत नहीं थी। वह थक चुका था। वह ध ीरे से डिब्बों की ओर बढ़ा, उसे देख कुछ और लोगों ने ताने कसे।

गाड़ी उसकी आँखों के आगे चलने लगी। अचानक उसे लगा कि लोग उसे पुकार रहे थे। "ज़ल्दी करो। आओ। बहादुर बच्चे, मेरा हाथ पकड़ो।"

एक, दो, तीन, सैंकडों हाथ उसे थामने को आगे आ गए थे। यह तीसरे दर्जे का डिब्बा था जिसमें गरीब लोग भरे थे। डाकुओं ने न तो उन्हें गाड़ी से उतारा और न ही लूटा। वे लोग दूर से ही तमाशा देख रहे थे और लाला के पक्ष में थे।

"आओ, अंदर आ जाओ।" लाला को बहुत सारी बाजुओं ने मिल कर अंदर खींच लिया।

उसे डिब्बे में बिठाया गया। सीटें लकड़ी से बनी थीं। बहुत सारे लोग जमा थे। उन्होंने खिसक कर लाला के लिए जगह बना दी।

"आओ बच्चे, तुम आराम से सो जाओ। टिकट इंस्पेक्टर से हम बात कर लेंगे।"

लाला सीट के कोने में दुबक गया। आज से पहले कोई जगह सोने के लिए इतनी आरामदेह नहीं लगी थी। उसकी पोटली, उसका लट्टू, उसके फल ...। उसने प्रकाश को भी खो दिया था, पर उसके शब्द नहीं भूला था।

"अपनी हिम्मत कभी मत हारना।"

लाला ने आराम से आँखें बंद कर लीं।

OOO

आठवां अध्याय

लाला को नहीं पता कि वह कितनी देर तक सोता रहा। वह सपनों से भरी लंबी नींद थी, बीच- बीच में जागता तो उसे वह जाग सपनों से भी ज़्यादा अजनबी लगती। गाड़ी भारत के विशाल मैदानी इलाकों से होते हुए दक्षिणपश्चिम में, समंदर की ओर बंबई दौड़ी जा रही थी।

लाला के आसपास के मुसाफ़िर बदल गए थे। लाला को एक से दूसरे सपने के बीच, सुनाई देता कि कोई उससे विदा ले रहा था। कोई उस पर झुकता। कोई उसे खाना या पानी दे देता और कोई उसके सिर के नीचे की पोटली सीधी कर देता।

पोटली! हाँ! वह वापिस आ गई थी। कोई उसे चूज़ों वाले डिब्बे से ले आया और लाला को दे दिया। लाला अपनी उस अधूरी और लंबी नींद के यह पता नहीं लगा सका कि वह एक सपना था या उसके साथ सच में घट रहा था।

फिर किसी ने उसे कंधे से हिला कर कहा, "बच्चे, उठो बंबई आ गया। उतरने का समय हो गया!"

वह उठा तो खुद को डिब्बे में अकेला पाया।

लाला ने बिल्ली की तरह अंगड़ाई ली। वह तीसरे दर्जे के डिब्बे में अकेला था। उसके साथी राह में उसकी मदद करते आए और अब वे चुपके से आने वाले फ़रिश्तों की तरह ओझल हो गए थे।

लाला को बहुत अच्छा लगा। उसकी लंबी नींद, बीच-बीच में नींद खुलने पर मशीनी तरीके से भोजन निगलना, सुबह की ताज़ी हवा.. और क्या चाहिए था, उसकी पोटली तक उसके पास थी। वह कोई सपना नहीं देख रहा था। उसने अपनी पोटली खोली, उसके कपड़ों के फालतू जोड़े के अलावा कुछ खाने को भी रखा था। उसका सुंदर सा लट्टू अपनी जगह मौजूद था।

इस तरह यह दिन की शुरुआत के लिए बढ़िया रहा। लाला को लगा कि यह अच्छा शकुन था। वह डिब्बे के दरवाज़े के पास गुनगुनाते हुए गया और प्लेटफ़ॉर्म पर उतरने ही वाला था कि सामने का दृश्य देख कर वहीं जड़ हो गया।

ओह, कितने लोग और मशीनें - लाला ने किसी एक जगह पर इतने सारे लोग पहले कभी नहीं देखे थे। और इससे भी हैरतअंगेज़ बात थी, वह इमारत! वे कैसी बड़ी सी इमारत में थे। कांच और लोहे से बनी छत के नीचे खड़े थे जो उसके पूरे गाँव से ही दस गुना बड़ी रही होगी। बंबई का स्टेशन। बंबई। उसकी यात्रा, उसका महा रोमांच, वह तो अभी शुरू ही हुआ था!

लाला धीरे से उतरा, अपनी पगड़ी ठीक की और कंधों पर पोटली लटकाए, बाहर जाने का रास्ता खोजने लगा।

वह उनींदा सा हवा में नाक उठाए बाहर की ओर जा रहा था। बनारस स्टेशन पर जो हैरानी हुई थी, यह उससे कई गुना ज़्यादा थी। वैसे भी, बनारस में प्रकाश उसके साथ था। कौन जाने, फिर कभी प्रकाश से मिल सकेगा या नहीं?

प्लेटफ़ॉर्म की शुरुआत में, एक कोने में कुछ लोग जुटे थे। बीच में दो बच्चे करतब दिखा रहे थे। वे तनी हुई रस्सी पर चल रहे थे। लाला ने ठिठक कर उन्हें देखा और फिर चल दिया। उसकी आँखें नम थीं।

उसने सोचा कि अब उसे अपने खाने का इंतज़ाम करना होगा। जब वह बड़े से दरवाज़े से बाहर निकला और महा नगरी को पहली बार देखा तो अपने छोटे होने का एहसास हुआ। असल में, लाला खुद को कभी अकेला नहीं मानता था। उसे लगता था कि कान्हा हमेशा उसके साथ थे।

उसने बड़े से चौक को देखा। सब कुछ जैसे उसकी कल्पना से भी कहीं परे था। इस बार वह सब वैसा नहीं था, जो उसने गंगा को पहली बार देख कर महसूस किया था। वह असलियत तो उसके सपनों से भी सुंदर थी। इस बार इतनी बदसूरती दिखी जितनी उसने कभी कल्पना तक नहीं की थी।

एक अजीब सा शोर, एक बुरी सी गंध, सड़कों पर लोगों की अथाह भीड़, वे बिना मुस्कुराए एक-दूसरे से सटते हुए चले जा रहे थे। सब एक-दूसरे को पूरी तरह से अनदेखा कर रहे थे। बैलों और घोड़ों के बिना कई गाड़ियाँ दिखीं जिनके पीछे से धुआँ निकल रहा था। और जब वे एक-दूसरे के पास से निकलतीं तो तेज़ आवाज़ में हॉर्न गूँज उठते - पों-पों, पीं....पीं-पों... पीं-पों। लाला यह देख कर भौंचक्का था। पर उस जगह एक भी पेड़ या पौधा न दिखने की वजह से उसे ज़्यादा हैरानी हुई। एक भी पेड़ का नामोनिशान तक नहीं था।

चौक के बीच में, एक छोटा सा टापू था, जिस पर कुछ फूल और घास दिखाई दिए। लाला उस ओर जाना चाहता था पर उसे लगा कि वह रास्ते में ही उन तेज़ आवाज़ वाली गाड़ियों तले कुचल कर हज़ार बार मर सकता था, वे उन मुसाफ़िरों को निगलने को तैयार थीं जो फुटपाथ को छोड़ कर सड़क पर आने का साहस रखते थे।

लाला को नहीं पता कि वह कितनी देर तक उस बड़े से स्टेशन के दरवाज़े के मेहराब तले खड़ा, सामने चौक को देखता रहा। महानगर का पहला भाग उसके आगे था। निश्चित रूप से, उस दौरान सैंकड़ों लोग उसके सामने से निकल चुके थे।

कई लोगों ने उसे घूरा, कुछ लोग उससे टकराए। सब ज़ल्दी में थे और लाला उन सब लोगों के बीच जैसे कहीं खोने सा लगा था।

अपनी हिम्मत कभी मत हारना।

लाला ने अपने कान्हा के ताबीज से हाथ हटा लिया, जिसे उसने बहुत देर से जकड़ा हुआ था।

बेशक़, वह नहीं जानता था कि उसे किधर जाना था। हालांकि रायपुर आने से पहले उसने अपने मन में एक योजना सी बनाई थी। उसका दूर का भाई रमेश - वह उन लोगों में था जो रायपुर से बरसों पहले निकल कर बंबई जा बसा था- फिर उसने गाँव में अपनी खोज-ख़बर भेजी थी। लंबी ख़ामोशी के बाद उसके माई-बाबा को ख़त मिला, उसके साथ कुछ रुपए भी थे। पूरे गाँव में ख़बर फैल गई थी। उसे हवाई अड्डे के पास ही कहीं काम मिला गया था।

लाला को कुछ पता नहीं था कि ये हवाई अड्डा क्या होता है। पर नौटंकी वाले आदमी ने उसे बताया था कि यह जगह शहर से बाहर होती है, जहाँ लोहे से बने पक्षी आदमियों को अपने पेट में बिठा कर लाने-ले जाने का काम करते हैं। आप सोच ही सकते हैं कि यह जान कर लाला के मन में क्या छवि बनी होगी। उसे तो यह भी लगा था कि नौटंकी वाला उसे पागल बना रहा था। पर 'बंबई का हवाई अड्डा और रमेश', इन दो शब्दों ने उसका हौसला बनाए रखा।

लाला ने तय किया कि उनके सहारे की आगे चला जाए। हाँ। पर कैसे? क्या उसे कंधे पर पोटली लादे, हर आते-जाते राहगीर से हवाई अड्डे के बारे में पूछना चाहिए। क्या वे उसका मज़ाक बना कर नहीं चले जाएँगे?

लाला उस दीवानगी से भरे माहौल से इतना घबरा गया था कि उसे यह भरोसा भी नहीं था कि वे इधर-उधर जा रहे लोग उसकी बोली भी समझ सकेंगे या नहीं? तो जिस ओर पैर ले गए, उसी दिशा में भटकता रहा। वह कान्हा की प्रार्थना कर चुका था, पोटली उसके

पास थी, दिन कितना सुंदर था, उसके पास खाने को फल थे। कुछ तो होने ही वाला था।

वह लगातार चलता रहा, तब तक चलता रहा, जब तक पैर नहीं दुखने लगे। वह नंगे पैर था और उसे पक्के फुटपाथों पर चलने का अभ्यास नहीं था। गाड़ियों के चलने के लिए जो सड़कें बनाई गई थीं, उन पर चलना तो और मुश्किल था। लाला को दूर से ही घास का एक और टापू सा दिखा। वह तेज़ी से चलने लगा। वह अपने पैरों के नीचे थोड़ी सा घास चाहता था। वह उस जगह जाने ही वाला था कि उसे तेज़ आवाज़ें और चीखें सुनाई दीं। वह मुड़ा - और फटाक- उसके चेहरे पर कुछ तेज़ी से आ कर लगा।

एक गेंद! हाँ सच में एक गेंद। मुँह पर गेंद आ कर लगी।

लाल को लगा, अरे वाह, रायपुर जैसा। वह संभला तो देखा कि बहुत सारे बच्चे उसे गेंद वापिस करने को कह रहे थे। "गेंद दे ज़ल्दी।" लाला ने दोबारा नहीं सोचा। उसने अपनी पोटली नीचे रखी। पगड़ी को सीधा किया ताकि वे गिरे नहीं और गेंद को ठोकर दे मारी। कमाल। गेंद सीधा मैदान के बीच, बच्चों के पास जा कर गिरी।

उन्होंने कुछ चीथड़ों से गोल बना लिया था और फुटबॉल खेल रहे थे। लाला उनका खेल देखने लगा। गेंद फिर से उसकी ओर आई।

"चल, अब क्या इंतज़ार है?" वे उसे देख कर चिल्लाए।

लाला मुस्कुराया। उसने गेंद पर पैर जमा दिया।

"पहले ये बेहूदी सी पगड़ी उतार।"

लाला ने पगड़ी उतारी तो गंजा सिर दिखाई दिया और फिर उसने गेंद को ठोकर मार दी।

वे लोग कुछ देर खेलते रहे और लाला भी अच्छा खेला। वे लोग बारी-बारी से गोलकीपर बने और लाला ने उधर भी रंग जमाया। देहात में पेड़ों से कूदने वाले लाला के पास शहरी बच्चों की तुलना में कहीं ज़्यादा फुर्ती थी।

समय बीतता गया और लाला की चिंता लौट आई। वह हवाई अड्डे तक कैसे जा सकता था? उसने किसी तरह हिम्मत बटोर कर पूछा और क़िस्मत ने साथ दे दिया। कुछ लड़के उस ओर ही जाने वाले थे। वे लोग उस जगह से बसों और गाड़ियों पर सवार हो कर जा सकते थे।

"और टिकट?" प्रकाश के सिखाने के बाद भी लाला को नियम और क़ानूनों का बड़ा डर रहता था।

"हद है, हम अंदर नहीं जा रहे। बस की छड़ें पकड़ कर चलेंगे।"

"छड़ें?"

"चल देहाती छोकरे। हमारे पीछे आ और ज़्यादा सवाल मत कर।"

लाला ने पगड़ी को पोटली में रखा और उनके साथ चल दिया। वे लोग डामर की सड़क पर चल रहे थे। लाला को वहीं पता चला कि उसे डामर कहते थे। उन्हें उस पर चलने का अभ्यास था। लाला किसी तरह पैर घसीट रहा था।

वे लोग बस स्टॉप पर आए तो दो-दो के दल में बँट गए। पहली बस आते ही, दो भिखारी लड़के उसके पीछे भागे और छड़ें पकड़ कर लटक गए। वह बस उन्हें हवाई अड्डे की ओर ले गई। उन्होंने बाकी सबको देख कर हाथ हिलाया और मुस्कुराए। इस तरह वे दो-दो करके जाने लगे।

आख़िर में लाला एक छोटे बच्चे के साथ रह गया। हिम्मत... छोटा बच्चा थोड़ा सा भागा और बस के पीछे लटक गया, लाला ने उसे पोटली दी और वह भी उसी तरह बस से लटक गया। वह भी तो देहाती बंदर से कम नहीं था और शहरों में यही हुनर काम आ रहा था।

लाला के लिए यह नौटंकी जाने से बेहतर था। उसने उसी जगह से शहर के सारे पहलुओं को अपने आगे से निकलते हुए देखा।

वह एक जीता-जागता, साँस लेता हुआ शहर था। जब वह उनका आदी हो गया तो उसे उन चीज़ों पर भरोसा होने लगा, जिनसे सुबह डर लग रहा था, सुबह वे कितनी भयानक लग रही थीं। वे सारे लोग, कितने मग्न थे सब, सब काम पर थे या कुछ लोग काम की तलाश में थे!

ख़ैर वे लोग अपनी मंज़िल की ओर जा रहे थे। उसने नन्हे लड़के से पूछा कि वे सब हवाई अड्डे क्या करने जा रहे थे।

"अपनी दिहाड़ी कमाने जा रहे हैं। उसने ज़वाब दिया।

"बढ़िया, तो उस जगह काम मिलेगा।" लाला ने सोचा, वह बहुत उत्साहित था। मुझे पता था कि रमेश के रास्ते पर चलना ही ठीक रहेगा। और वह फिर से महानगर के नज़ारों में खो गया।

OOO

नौवां अध्याय

हालांकि यह यात्रा छोटी और आरामदेह नहीं थी पर लाला सारे रास्ते इतने हैरतअंगेज़ दृश्यों में मग्न था कि लंबे रास्ते का पता ही नहीं चला। उसके नन्हे साथी ने बस से कूदने का संकेत किया तो उसे समझ आया कि वे लोग पहुँच गए थे।

वे लोग एक बड़े से चौक पर थे। उस जगह तो शहर के दूसरे चौकों की तुलना में ज़्यादा हल्ला-गुल्ला मचा था। कुछ पुलिसवाले बार-बार सीटी बजा कर इशारे करते हुए यातायात को क़ाबू करना चाह रहे थे पर किसी पर कोई असर होता नहीं दिख रहा था।

लाला अपने छोटे से मार्गदर्शक के साथ पूरे आत्मविश्वास से आगे जा रहा था। वे एक नीची सी इमारत की ओर चले, जिसके बाहर बहुत सारे विज्ञापनों वाले बोर्ड लगे दिखाई दे रहे थे।

वे लोग उस जगह पहुँच ही गए थे कि लाला के लिए एक बार फिर से डरावना सा मंज़र सामने था। तेज़ शोर कानों का पर्दा फाड़ रहा था - पता नहीं कहाँ से आ रहा था वह बहुत पास और हर पल तेज़ महसूस हो रहा था।

उसने आकाश की ओर देखा तो एक बड़ी सी चमकदार मशीन को धरती की ओर गुलाटी भरते देखा।

लाला ने पहली बार कोई हवाई जहाज देखा था। आप सोच सकते हैं कि उसके नन्हे से दिल का क्या हाल हुआ होगा! पर तब तक लाला जान गया था कि उसे किसी भी चीज़ से हैरान नहीं होना चाहिए। वह पूरी तरह से अलग दुनिया में था, जो उसके देहाती इलाके से बहुत दूर थी। उसे इसका सामना करना ही होगा, उसके सारे शोरगुल और गंध के बीच रहना होगा, क्योंकि इसी दुनिया में उसके लिए काम था।

तब तक उसका नन्हा साथी तेज़ी से आगे बढ़ता जा रहा था। उसे पता था कि वह क्या कर रहा था। लाला कौतूहल से उसके साथ हो लिया। उसे जानना था कि दल के दूसरे लोग और उसका नन्हा साथी उस जगह क्या काम करते थे।

उसका साथी नीची छत वाली इमारत के कांच के दरवाज़ों से बाहर आते लोगों की ओर बढ़ा। वे सब बड़े ही अल्लम-गल्लम कपड़ों में थे और उन्होंने हाथों में कई तरह के थैले और झोले ले रखे थे। कई लोगों की चमड़ी अजीब सी पीली थी और वे पसीने से नहाए हुए थे। उसका नन्हा साथी झट से अपने दल में शामिल हो गया जिन्होंने उन लोगों को घेर लिया था... वे उनसे भीख माँगने लगे।

उन लोगों ने सबको पीछे हटाना चाहा पर बच्चे पूरी ढिठाई से डटे हुए थे। उन्होंने अपने हाथ हिलाए, उछल-कूद की, लोगों की बाजुओं को खींचा और हँसते-मुस्कुराते हुए उसी तरह लुभाने की कोशिश करने लगे जैसे बच्चे अक्सर बड़ों को मनाने के लिए करते हैं। और बड़े लोग हार मान लेते हैं। वे लोग भी पसीने से लथपथ होने के बावजूद, अपने हाथ का सामान नीचे रख कर, जेब से सिक्के निकाल कर बाँटने लगते।

लाला अनमना सा हो गया। उसके फुटबॉल के साथी यह काम करते थे, यहीं से रमेश अपनी दिहाड़ी बनाता था। पर ये तो कोई काम नहीं था।

जब लाला यही सोच रहा था तो उसका साथी सिर खुजाते हुए वापिस आ गया। उसने पूरे संतोष दो चमकते हुए सिक्के दिखाए। "चल, हमारे साथ चल।" उसने कहा। लाला हिचक रहा था।

एक काली और पीली कार अभी आई ही थी और उससे दो लोग उतरे। वह एक औरत और आदमी थे। उन्होंने भी मज़ेदार से कपड़े पहने थे और कई बैग व झोले ले रखे थे। वह औरत तो दरवाज़े की ओर चल दी। आदमी वहीं कार वाले को पैसे देने के लिए रुक गया। लाला उसे आराम से देख रहा था। उस आदमी ने बहुत सारी जेबों वाली जैकेट, नीले रंग की पतलून और हल्के नीले रंग की कमीज़ पहनी हुई थी।

ज्यों ही उस आदमी ने कार वाले को पैसा देने के लिए बटुआ निकाला, बच्चों ने उसे चारों ओर से घेर लिया। लाला का साथी भी उसी ओर भागा और लाला को अपने साथ आने को कहा। "चल, साथ चल।"

लाला धीरे-धीरे आगे बढ़ा। उसे यह करना अच्छा नहीं लग रहा था पर किसी न किसी तरह चार पैसे तो कमाने ही थे।

उस छोटे से दल ने आदमी को पहले ही घेर लिया था। जब लाला धीरे-धीरे आगे चला तो उसे वहीं अपने दल के पैरों के पास कुछ गिरा हुआ दिखा। वह झुका और उसे उठा लिया। वह ज़रूर कोई क़ीमती चीज़ थी। एक छोटी सी क़िताब पर रंगीन सी ज़िल्द थी और कुछ अजीब सा लिखा भी हुआ था।

लाला ने उसे कुछ देर पढ़ने की कोशिश की तो उसे समझ आ गया कि वह एक टिकट थी। शायद उड़ने वाली मशीन की होगी। क्या क़िस्मत है! कहीं ये उस आदमी की तो नहीं। शायद उसने इसे खो दिया हो और इसे पा कर उसे ख़ुशी हो, शायद वह उसे अपनी ओर से कोई तोहफ़ा ही दे दे।

लाला पूरे आत्मविश्वास से टिकट लहराते हुए अपने दल की ओर बढ़ा। वह उनमें से छोटा था पर टिकट दिखते ही आदमी उसकी ओर मुड़ा। लाला को लगा कि शायद उसे कोई इनाम मिल सकता था। वह दो कदम और आगे बढ़ा ही था कि अचानक सिर पर चोट आ कर पड़ी।

लाला को समझ ही नहीं आया कि अचानक क्या हुआ। सारे बच्चे तेज़ी से भाग गए पर वह वर्दी वाले आदमी के चंगुल में था जो उस पर चिल्ला रहा था।

"तो अब तुम लोग टिकटें भी चुराने लगे?" वह चिल्लाया। भीख माँग कर और मुसाफ़िरों को सता कर मन नहीं भरा। अब चोरी भी करने लगे।

लाला ने कुछ कहने की ज़रूरत नहीं समझी; आंसुओं की बाढ़ उमड़ आई थी। वह बंदी बना हुआ था। पुलिस वाला उसे ज़ोर-ज़ोर से हिलाते हुए चिल्लाए जा रहा था।

लाला ने सोचा, ये ठीक नहीं है। ठीक नहीं है ये। बिल्कुल ठीक नहीं है... मैंने तो भीख भी नहीं माँगी। मैं तो बस ...। पर वह कुछ नहीं कह सका। वह हाथ में टिकट लिए, सिर झुकाए खड़ा रहा और ज़ार-ज़ार रोता गया।

बनारस में, मोटे आदमी की तोंद से टकराने और उसका सामान गिराने के बाद डर के मारे रोना आया था। सुलताना से जिस रात भेंट हुई, वह उस रात इसलिए रोया ताकि पुलिसवालों के सवालों का ज़वाब न देना पड़े। पर इस बार बात अलग थी। लाला जानता था कि ये आंसू अलग तरह के थे - ये आंसू तभी आते थे, जब कोई उसे ग़लत समझता या उसे दोष देता। जब भी वह घर में इस तरह रोता तो मन में एक आस होती थी कि माई समय पर आ जाएगी। वह सब समझ लेगी और फिर कहेगी, "चल अब, हमें अपनी परेशानियों पर तरस नहीं खाना चाहिए। उठ जा, बहादुर बच्चा मेरा। बहुत हो गया। और फिर उसे गले से लगा लेगी। लाला माई से मिले प्यार का पूरा आनंद लेते हुए चुप हो जाता और चेहरे पर मुस्कान खेल जाती। पर वह तो घर में होता था क्योंकि माई उसके साथ इंसाफ़ करती थी।

इस जगह वह अनजान जगह पर कोलाहल के बीच अकेला था। लाला को दुख था कि उस रोने में कोई आस नहीं थी, कोई समझने वाला नहीं था कि वह क्यों रो रहा था। वह मन में सोचता रहा कि उसके साथ सही नहीं हो रहा था। वह वाकई मायूस था।

पर अचानक एक छोटा सा क़रिश्मा हुआ। लाला को उस पुलिसवाले के स्वर के अलावा एक शांत और ठहरा हुआ स्वर सुनाई दिया। उसने महसूस किया कि पुलिसवाले की पकड़ ढीली हो गई थी। फिर लाला को लगा कि पुलिसवाला उधर से जा रहा था। एक बड़ा सा हाथ हौले से उसके सिर को सहलाने लगा। वह उसके छंटे हुए बालों को आगे-पीछे कर रहा था।

लाला ने सुबकियों को रोक कर ऊपर देखा और उसे दिखा कि जैकेट वाला आदमी उसे देख कर मुस्कुरा रहा था।

वह लाला की ओर झुका, उसे उठाया और गले से लगा लिया। वह धीरे से उसके कान में कुछ मीठा सा बोला। लाला धीरे-धीरे शांत हो गया। मन चाह रहा था कि वे पल कभी ख़त्म न हों।

पर उस आदमी को जाना था। वह औरत उसे दरवाज़े से इशारे कर रही थी। उस आदमी ने लाला की ओर देखा। उसकी भी आँखें नम थीं। मानो वह लाला से विदा ले रहा था। उन्होंने एक-दूसरे को छोड़ दिया। दोनों के ही सिर झुके हुए थे।

वह आदमी कांच के दरवाज़ों वाली इमारत में कहीं गुम गया। लाला धीरे-धीरे उस शोरगुल से बहुत परे आ गया।

दसवां अध्याय

दरअसल वह शोर अब लाला के भीतर उमड़ रहा था।

'मैं अब क्या करूँगा। मैं अब क्या करूँगा।' हर कदम के साथ मन में यही आ रहा था।

उसका मन कर रहा था कि सब छोड़ दे।

उस आदमी ने गले से लगाया तो वह शांत हो गया था पर अब घर की बहुत याद आ रही थी।

तब तक वह केवल आगे देखता आया था। बंबई ही उसके लिए सबसे बड़ा मक़सद था। अब बंबई आने के बाद मक़सद पूरा हो गया था और असलियत आँखों के आगे नाच रही थी।

लाला के पास जाने को कोई राह नहीं थी। तब तक साफ़ हो चुका था कि उसका नातेदार भाई रमेश भीख माँग कर पैसा कमाता आया था।

मैं अब क्या करूँगा? कंधों पर पोटली लिए चल रहा लाला लगातार अपने-आप से यही सवाल कर रहा था।

"मैं अब क्या करूँगा?"

अगर उसके पास वापिस जाने का कोई साधन होता तो शायद पल भर में वह वापिस हो लेता। पर रायपुर और उसके बीच आधे भारत की दूरी थी और वापिस जाना ही अपने-आप में एक बड़ा और मुश्क़िल काम था।

जब वह सड़क पर ऐसे ही भटक रहा था तो दिन ढलने लगा। लाला को पता नहीं चला और वह एक ऐसी जगह आ गया, जहाँ आबादी थी। उस जगह मकान, इमारतें, सड़कें, चौक और फुटपाथ दिख रहे थे। जब उसने आसपास देखा तो एक अजीब ही नज़ारा सामने आया।

सड़कों को सारा दिन अपनी आवाजाही से जीवित रखने वाले मर्द, औरतें और बच्चे सोने की तैयारी में थे। कई घरों में बत्तियाँ बंद हो चुकी थीं। पर कई लोग किसी घर या झोंपड़ी में नहीं गए। वे वहीं चुपचाप धरती पर लेट गए। वे एक-दूसरे के अगल-बगल लेटे थे। माँओं ने बच्चों को अपने पास लिटाया हुआ था। पिता अपने परिवार को घेर कर लेटे थे जैसे उसकी रक्षा कर रहे हों। वे सब वहीं, आकाश को ही छत बना कर लेटे रहे।

लाला को वह सब देख कर अजीब सा लगा। उसे याद आया कि उसे नौटंकी वाले ने ऐसे लोगों के बारे में बताया था जो बड़े-बड़े शहरों में रात को सड़कों पर सोया करते। उसने यह बात सुनने के तुरंत बाद ख़ारिज कर दी थी क्योंकि यह तो उसकी कल्पना में भी नहीं आ सकता था।

अब वह दृश्य उसके ठीक सामने था। कितनी अजीब बात थी, वह बिल्कुल नाटकीय नहीं था; वह तो स्वाभाविक लग रहा था, माँओं का हाथ थामे बच्चे गहरी शांत नींद में थे। धुंधलके में लेटे उन सभी शरीरों के बीच उसे साझी मानवता का भाव दिखाई दिया। सारे दिन की भागदौड़ के बीच, सब एक-दूसरे से अलग हो जाते, उनमें से हरेक अपनी क़िस्मत के लिए हल खोज रहा था। इस समय, क़िस्मत उन सबको एक कर देती, उन्हें एक बड़े परिवार में बदल देती।

वे लोग काफी हद तक लाला जैसे ही थे। वे देहातों से शहर तो आए पर अमीर नहीं बन सके, जैसा कि उन्होंने सोचा था। पर वे हारे हुए नहीं लगे। उन्हें देख कर लगा कि वे किसी इंतज़ार में थे। किसी ऐसे व्यक्ति या वस्तु के इंतज़ार में, जो उन्हें वे छोटी चीज़ें पाने के लायक बना दे, जिन्हें पाना सबका अधिकार होता है।

उन्हें देख कर लाला को डर नहीं लगा। मानो उसे अपने अंदर से पता था कि यह सब ऐसे ही होता होगा।

लाला अपने सिर पर छत नहीं चाहता था। उसका सपना और बड़ा था। वह कुछ पैसा अलग रखना चाहता था। अपने बाबा को भेजना चाहता था। अचानक ही अपना लक्ष्य बेमानी लगने लगा और गले में कुछ अटक सा गया।

तभी उसे अपने पीछे एक अलग सा शोर सुनाई दिया। मानो कोई तांगे की आवाज़ के साथ सीटी का स्वर मिला कर बजा रहा हो।

उसने मुड़ कर देखा ... सच में, ऐसा तांगा दिखा जैसा लाला ने पहले कभी नहीं देखा था। घोड़ा कितना प्यारा था। वह सफ़ेद और सुंदर सा घोड़ा था जिसके सिर पर लाल बालों का गुच्छा था। जब वह तांगा पास आया तो उसे देख कर लगा कि वह तो देवताओं का रथ था, जैसा उसने रायपुर नौटंकी में देखा था। उसके पहियों पर सजावट थी और बैठने के आसन पर चमड़ा लगा था।

लाला को उसका चालक बहुत भाया। वही तो सीटी बजा रहा था। सुनने में लगता था कि जैसे वह अपने घोड़े से बातें कर रहा हो, उसे अपने ही मीठे से अंदाज़ में निर्देश दे रहा हो। वह एक सुंदर सा बूढ़ा आदमी था। बाल सफ़ेद पर छोटे कटे हुए थे। चेहरा झुर्रियों से भरा था। गालों की उठी हुई हड्डियों से उसके चेहरे पर गर्वीला सा भाव आ गया था। उसके हल्के कुरते के नीचे से मजबूत और सुडौल कंधे झांक रहे थे। पर उसे अपनी ताकत नहीं लगानी पड़ रही थी। घोड़ा और तांगा तो उसके होठों से निकल रहे स्वर से ही क़ाबू में लग रहे थे।

लाला एक ओर हट ही रहा था कि बूढ़े ने सीटी बजा कर अपने घोड़े को रोक दिया।

"और तुम कौन हो जी?" उसने पूछा।

"मैं लाला हूँ।"

"और किधर जा रहे हो?"

"पता नहीं।"

"आ जाओ फिर।"

रात हो चुकी थी। तांगे के दोनों ओर दो लालटेन लटकी हुई थीं। लाला बिना कुछ और पूछे उस सुंदर से तांगे पर सवार हो गया। बूढ़े ने सीटी बजाई और घोड़ा चल दिया।

वे बहुत दूर तक चले गए। अंधेरे के बीच सारी सड़कें एक जैसी लग रही थीं।

लाला फिर से उदास हो गया था। वह अपने सबसे अहम फ़ैसले के बीच था। क्या उसे इस महानगर में हिम्मत और मेहनत के साथ अपने मक़सद को पाने की कोशिश करनी चाहिए या उसे अपने सपने को भुला कर, घर की राह लेनी चाहिए?

अचानक ही, बूढ़ा किसी चेतावनी के बोलने लगा।

"हार जाओगे, आकाश मिलेगा। जीतोगे, तो धरती का आनंद लोगे ... सुख और दुख, लाभ और हानि, जय और पराजय, ये सब एक समान जानो और लड़ने को तैयार रहो। तभी तुम पापमुक्त रह सकोगे।"

लाला ने कान खड़े करके ध्यान से सुना।

"हमेशा कर्म करते रहो। फल की इच्छा मत करो। अपने कर्मों के फल की अपेक्षा के साथ कर्म मत करो, वहीं दूसरी ओर निष्क्रिय भी मत रहो। जो व्यक्ति बिना किसी लगाव के अपना कर्म करता है, वही सबसे परम पद पाता है।"

रात के अंधेरे में, बूढ़ा आदमी तांगे और घोड़े की चापों की लय के साथ अपने शब्द दोहरा रहा था

विवेकी व्यक्ति को स्वयं को सदा ऊपर उठाना चाहिए। वास्तव में, स्व ही स्व का सच्चा मित्र है; वास्तव में स्व ही स्व का सबसे बड़ा शत्रु है। स्व एक स्व का मित्र है क्योंकि उसने स्व से स्व को जीत लिया है, परंतु जिसने स्व को नहीं जीता, स्व उसके लिए शत्रु की तरह व्यवहार करता है।"

लाला मंत्रमुग्ध था। वे शब्द उसे जाने क्यों जाने-पहचाने से लगे। हालांकि उसे नहीं पता था कि उन्हें *भगवद् गीता* से लिया गया था। शायद लाला ने उन्हें किसी मंत्रजाप में या किसी और रूप में सुना हो या फिर रायपुर में अलाव के आसपास किस्से सुनाते बूढ़े के मुँह से सुना हो। पूरे भारत में लोग, चाहे वे पढ़े-लिखे भी न हों, तो भी अनजाने में ही *भगवद् गीता* का ज्ञान रखते हैं। वह स्वर कितना शांत और मधुर था, वह पाठ कितना सौम्य और कोमल, लाला के अशांत और व्याकुल मन में एक विचित्र सी शांति छा गई।

'जो व्यक्ति अपनी नियति के हाथों किए गए कार्य करने में प्रसन्न रहता है, वही संपूर्णता प्राप्त करता है।'

लाला को सब समझने के लिए बहुत ध्यान देने की ज़रूरत नहीं थी। शब्द सीधा उसके दिल तक जा चुके थे।

'वास्तव में, अपनी स्वाभाविक वृत्ति के अनुसार काम करते हुए उस सर्जक की उपासना करो जिससे सभी जीवन अस्तित्व में आते हैं और सारा ब्रह्माण्ड प्रकट होता है। इस प्रकार अपने कर्म संपन्न करते हुए मनुष्य सरलता से पूर्णता प्राप्त कर लेता है।'

लाला तांगे में लेटा गया और आकाश को ताकने लगा।

वह सब कितना सुंदर था...तारों से भरा हुआ!

OOO

ग्यारहवां अध्याय

टक, टक, टक, टक, टक, टक!

लाला ने अचानक आँखें खोलीं। "मैं कहाँ हूँ और पैर के अंगूठे में खुजली क्यों हो रही है?"

उसने उठ कर देखा तो एक अजीब सा छोटा जीव अपने दाँतों से उसके अंगूठे को काट रहा था। लाला ने तेज़ी से पैर झटका तो केंकड़ा झट से रेत में बने बिल में घुस गया।

रेत। यह तो लाला ने पहले कभी नहीं देखा था। उनसे एक मुट्ठी रेत उठा ली। वह झट से उसके हाथों से फिसल गई।

"मैं कहाँ हूँ?" लाला ने सोचा। तांगे और उस आदमी का क्या हुआ? यह तो किसी सपने जैसा लग रहा था। फिर उसे बूढ़े के आख़िरी शब्द याद आए। वह तांगे में लगभग सोने ही वाला था, जब उसने वे शब्द सुने। 'जब तुम जागोगे तो मुझे नहीं पाओगे पर मैं तुम्हें एक ऐसी जगह छोड़ कर जा रहा हूँ जो तुम्हें पसंद आएगी।'

हम्म, जगह तो अच्छी लग रही है। लाला को आसपास कोई नहीं दिखा। वह एक बड़ी सी नाव की छाया में सोया था। पर कितनी अजीब थी, ज़मीन पर बारीक रेत दिख रही थी। वह उठा और उसे समंदर दिखाई दिया।

लाला ने पिछले कुछ दिनों में जितनी भी अजीब चीज़ें देखी थीं, उनके बावजूद, वह समंदर का पहला नज़ारा देखने को तैयार नहीं था। वह किनारे की ओर बढ़ा तो पैरों तले गरम रेत का आभास हुआ। वह तो कभी न भूलने वाला एहसास था।

पर ये चीज़ ... कितनी बड़ी, कितनी नीली और कितनी चंचल थी। वह देख कर सहम गया। कुछ समझ ही नहीं आ रहा था।

बूढ़े आदमी की छवि, उसकी आवाज़, उसकी रहस्यमयता और सुंदर शब्द, बार-बार दिमाग में आ रहे थे। नहीं, वह सपना नहीं देख रहा था।

और वह जानता था, उस बारे में सोचे बिना ही उसने अपना मन बना लिया था। उसे आगे जाना था। उसे चुनौती को स्वीकार करना था। उसे काम करना था।

लहरों पर बड़े सफ़ेद पक्षी चक्कर काट रहे थे। बीच-बीच में पानी में डुबकी भी लगा लेते। कुछ हुनरमंद तेज़ पक्षी अपनी चोंच में मछली ले कर वापिस आते। "वाह" लाला उन्हें देख कर बोला। उसने तो रायपुर में बहुत छोटी मछली ही देखी थी।

पर वह उन मछलियों के पीछे पानी में नहीं जा सकता था। पानी का विस्तार और समंदर के किनारे के सन्नाटे ने उसे अपने पास वापिस बुला लिया।

उसने आसपास देखा। दूर कहीं, झोंपड़ियाँ दिख रही थीं, जो दिखने में जानी-पहचानी सी लगीं। लाला ने सामान समेटा और रेत को पीछे छोड़ते हुए उसी ओर भागा।

वह तो सच में एक देहात था। लाला को उस जगह जाते ही समझ आ गया। समंदर के साथ-साथ एक बड़ी सी सड़क जा रही थी, हालांकि वह समंदर से काफी दूर थी। यह उसे पास वाले बड़े शहर में ले गई। बीच-बीच में गाड़ी का फाटक रास्ता रोक देता ताकि पहले रेलगाड़ी निकल सके। फाटक के दोनों ओर कार, गाड़ियाँ, लोग, बैलगाड़ी और बसें रुक जाते और उस दौरान उस जगह खाने-पीने का सामान बेचने वाले आ जाते ताकि किसी को कुछ ज़रूरत हो तो वह वहीं से खरीद सके। महा नगर दूसरे कोने पर स्थित था पर लाला को वह छोटी और व्यस्त सी जगह ज़्यादा पसंद आई। वह कंधों पर पोटली लिए उसी ओर बढ़ता चला गया।

लाला एक साल बाद उस शहरी देहात से बाहर आ गया, उसे उस जगह काम करते हुए साल से ज़्यादा हो गया था। वह पिछले बारह महीनों से लगातार काम कर रहा था।

उस जगह काम मिलना मुश्किल नहीं था। उन्होंने पहले ही दिन उसे काम पर रख लिया था। पहले उसने फाटक पर रुकने वालों को चाय पकड़ाने का काम किया। फिर उसने ट्रक चालकों के झूठे बर्तन धोने धोए। इसके बाद उसने फाटक पर अख़बार बेचे। सामान से भरे ठेले खींचे। उस जगह ऐसे बहुत सारे काम थे जिनके लिए उसे कुछ बताने की ज़रूरत नहीं थी। लाला काम करता रहा, काम करता रहा, करता रहा।

काम खोजने में इतनी सी भी दिक्कत नहीं हुई। असल में उस कमाई से पेट भरना मुश्किल था। हर कोई नाम की मज़दूरी देता था। उसने अपनी ओर से बचत करने की पूरी कोशिश की पर अगर खाना भी छोड़ता तो काम करने की ताकत न बचती। वह अपने लिए खिलौने नहीं लेता था। कभी-कभार कोई मिठाई ले लेता, क्योंकि उन्हें देखने के बाद रहा नहीं जाता था। हालांकि मिठाई पर लगने वाले पैसों से कोई परेशानी नहीं थी। परेशानी यह थी कि इतनी मेहनत करने के

बाद भी वह एक रुपया तक नहीं जोड़ सका था। जब भी कोई नया काम पकड़ता तो हमेशा यही आस रहती कि चार पैसे जोड़ सकेगा। पर जब भी वह पैसे बढ़ाने की बात करता, तो मालिक उसे याद दिला देता कि उसके जैसे दसियों लोग उससे भी कम पैसों में काम करने को तैयार थे, ताकि थोड़ी अतिरिक्त कमाई हो सके।

तो लाला के पास सिर झुका कर, चुप होने के सिवा कोई उपाय नहीं रहता था, वह हमेशा असहाय और लाचार गरीब ही बना रहा।

उसने हज़ारों बार सब छोड़ने का भी सोचा। हज़ारों बार कृष्ण के मंदिर में जा कर अपना दुखड़ा रोया। वह छोटा सा मंदिर बरगद के पेड़ तले बना था, उसकी शाखाएँ धरती में जमने के बाद दोबारा उग कर आकाश की ओर बढ़ गई थीं।

लाला अपने बेचैनी से भरे पल उसी जगह बिताता था। वह कृष्ण से हौसला माँगता ताकि उसकी हिम्मत बनी रहे। उसे दिलासा मिल सके कि वह उस धोखे और जी-तोड़ मेहनत के जाल से बाहर निकल सकेगा।

एक शाम, जब वह पहले से कहीं ज़्यादा थका हुआ, कृष्ण के आगे हाथ जोड़े बैठा था, तो उसे लगा कि एक आवाज़ उसे कुछ याद दिला रही थी। गाड़ियों के शोर के बीच, उसे सीटी की आवाज़ सुनाई दी, घोड़े की चापें सुनाई दीं...हाँ, यह तो उसी रथ की आवाज़ थी। यह तो वही बूढ़ा आदमी था!

लाला ने झट से कृष्ण को साष्टांग प्रणाम किया, अपनी भरोसेमंद साथी, पोटली लपक कर उठाई और उस जादुई आवाज़ की ओर भागने लगा। उसे दूर से तेज़ी से भागता रथ दिखाई दिया।

वह तब तक भागता रहा, जब तक फेफड़े फटने को नहीं आ गए। पर कुछ नहीं हो सकता था। रथ तो ओझल हो गया था।

लाला रुक कर हाँफने लगा और अपने आसपास देखा।

जब वह अंधाधुंध भाग रहा था तो वह समंदर के बहुत पास आ गया था। उसने समंदर को उस दिन से पास से नहीं देखा था, जब वह बूढ़ा आदमी उसे किनारे पर छोड़ कर गया था। इस बार, लाला ने समंदर के लिए खिंचाव महसूस किया।

पिछले साल, उसके भीतर बहुत कुछ बदल गया था। वह हमेशा काम करता रहता, कारों के शोर और बदबू के बीच काम करते हुए थकान बनी रहती। अब समंदर को देख कर पहले की तरह डर नहीं लगा, उसे उसकी सुंदरता और पवित्रता का एहसास हुआ। वह मंत्रमुग्ध सा समंदर के किनारे चलता रहा। दूर क्षितिज पर सूरज ढल रहा था। रेत अब भी गरम थी पर इस बार लाला को पता भी नहीं चला। एक साल तक डामर पर चलने के बाद उसके पैर, महा नगर में घूमने वाले बच्चों के पैरों की तरह सख़्त हो गए थे।

पर उसका दिल भी मज़बूत हो गया था। वह तेज़ी से बहुत सारे काम करने सीख चुका था। और अब समंदर उसे सहमा नहीं रहा था। वहीं बूढ़े आदमी ने उसे छोड़ा था। वहीं तांगे और सीटी की आवाज़ उसे

वापिस ले आई थी। शायद यही एक संकेत था : उस अनंत कोलाहल से दूर, गाड़ियों की आवाज़ों से दूर, ताज़ी हवा के बीच

लाला ने वहीं रुकने का निर्णय ले लिया।

अब वह अपना पेट आराम से पाल सकता था। किनारे पर खड़ी नाव देख कर वह उसमें कूदा और तिरपाल अंदर जा कर सो गया। वह घर के बिस्तर की तरह नहीं था पर उस सख़्त पत्थर से तो बेहतर ही था। और समंदर की महक अच्छी थी और हवा में जादुई आवाज़ें सुनी जा सकती थीं।

OOO

बारहवां अध्याय

तुम इधर क्या कर रहे हो?

लाला .... वह अचानक उस तेज़ गुस्से से भरी आवाज़ को सुन कर उठा और मशीनी तरीके से बोला। उसने तेज़ी से उठना चाहा तो उसका सिर किसी चीज़ से टकराया और वह फिर से वहीं गिर गया।

"मैंने तुम्हारा नाम नहीं पूछा था। मैंने पूछा कि इधर क्या कर रहे हो?" तेज़ आवाज़ ने अपना प्रश्न दोहराया।

यह ज़वाब देने के लिए ज़रूरी था कि लाला को पता हो कि वह किस जगह थ। उसके आसपास गहरा अंधेरा था। जब उसने उनींदा ही उठना चाहा तो किसी चीज़ से सिर टकरा गया; जब एक ओर करवट लेनी चाही तो वह दूसरी ओर घूम कर, नाव की तलहटी में जा पहुँचा।

"मुझे लग रहा है कि मैं ...।" लाला ने किसी तरह रोशनी की एक फांक से झांक कर देखा।

"ओह! अब समझा।"

वह समंदर के बीच था। ज़मीन बहुत दूर थी। वह दूर से आती रोशनियों से किनारे को पहचान सकता था। रात बहुत अंधेरी थी।

नाव के दोनों छोरों पर कुछ आकृतियाँ अपना काम कर रही थीं।

"मैं लाला हूँ।" वह हौले से बुदबुदाया। वह लगभग हकला रहा था और बिना सुने बोल रहा था।

"हाँ, सुन लिया। तुम लाला हो।" तेज़ आवाज़ में उत्तर आया, इस बार आवाज़ थोड़ी शांत लगी। वह आवाज़ बड़ी नाव के आगे वाले हिस्से से आ रही थी, लाला उसी जगह तिरपाल के नीचे सोया था और उठने पर कई बार डेक से सिर टकराया और वह किसी तरह कूद कर बाहर आ गया।

लाला ने अपने खोजने वाले को पास से देखा और उसका डर कुछ कम हो गया। बूढ़ा तो पहले से ही मुस्कुरा रहा था। उसके हाथ बड़े-बड़े थे और सिर पर ऊनी कपड़ा लपेटा हुआ था। उसकी हवा में लहराती सफ़ेद दाढ़ी लाल को झट से पसंद आ गई।

"अब बातचीत का समय नहीं है। तुम इस जगह हो इसलिए अपने हिस्से का काम करोगे?" बूढ़े ने पूछा

लाला यह कहने की हिम्मत नहीं कर सका कि उसने तो जीवन में नाव ही पहली बार देखी थी और जीवन में पहली बार वह समंदर के बीच था। बूढ़े ने ज़वाब का इंतज़ार किए बिना उसे अपने साथ चलने को कहा।

नाव के अगले हिस्से से पिछले हिस्से में जाने के अनुभव को लाला कभी नहीं भूल सकता। समंदर शांत ही था पर इतनी हलचल तो थी कि लाला को अंडों पर चलने जैसा अनुभव हो रहा था। मानो यही काफी नहीं था, उसे दिखाई भी नहीं दे रहा था। वह केवल समंदर को सुन सकता था, जो अब भी उसकी जान निकालने पर तुला था।

नाव के दोनों किनारों पर लहरें पछाड़ खा रही थीं। बूढ़ा मछुआरा पहले कुछ लंबे कदम भरते हुए पिछले हिस्से में आ चुका था, वह उन हिस्सों पर बड़ी कुशलता से चल रहा था जो केवल उसे दिख रहे थे।

लाला चौपायों की तरह आगे बढ़ा, वह राह में आने वाली हर चीज़ से ऑक्टोपस की तरह चिपक जाता, कभी मछली पकड़ने के जाल और रस्सियों में उलझता और डेक पर कुछ इंच चलते ही फिसलता, वह रात की उमस की वजह से गीला हुआ पड़ा था।

"लगता है कि अभी समंदर की आदत नहीं हुई।" लाला किसी तरह नाव के पिछले हिस्से तक आया तो मछुआरे ने कहा। उसने हांफते हुए अपने हालात को देखा और सोचा कि उसके पैर किसी तरह डामर पर चलने के आदी तो हो गए थे पर अब भी जीवन की ज़रूरतों के हिसाब से नहीं थे। हालांकि वह बता नहीं सकता था कि क्या वजह थी पर वह खुश था।

दूसरे मछुआरे बड़े अजीब से लगने वाले काम कर रहे थे। देख कर लगता था कि सभी जाल को निकालने की तैयारी में थे। कोई गाने लगा और समंदर ने भी पछाड़ें मारते हुए गाने की पृष्ठभूमि में सुर मिलाया, अब समंदर नाव के किनारों से थोड़ा हौले टकरा रहा था।

बूढ़े का इशारा पाते ही सभी काम में लगे। लाला को नहीं पता था कि उसे क्या करना था। पहले तो उसने यही कोशिश की कि उसकी वजह से कम से कम नुकसान हो। फिर उसने नाव के कोने में, मछुआरे के पास एक खाली जगह दिखी और वह अपने हिस्से का काम करने लगा।

हैया हो! हैया हो! मछुआरे चिल्लाए।

हर हैया हो, रस्सी का लंबा सा टुकड़ा नाव पर आ जाता। लाला ने भी दिल खोल कर उनके साथ हैया हो बोलना चालू कर दिया। कुछ मिनट बीते होंगे, उसके हाथ और गला दुखने लगे। उसकी आवाज़ ध ीमी होने लगी। उसे बस यही पूछने का मन था कि जाल कितनी देर में बाहर आ जाएगा। पर उसकी पूछने की हिम्मत नहीं हुई।

वह कभी नहीं सोच सकता था कि जाल डालने में इतना समय लगता होगा। उसे तो रायपुर के तालों में डलने वाले छोटे जाल देखने की आदत थी, उसे लगा कि उन्हें उस रस्सी का दूसरा सिरा कभी नहीं मिलेगा। और फिर वह समंदर में मछली पकड़ने के पहले अभियान के नतीजे देखने को भी आकुल था।

रस्सी गीली थी इसलिए वह अक्सर उसके हाथों से फिसल जाती और उसके अनाड़ी हाथ छिल जाते। एक हथेली से तो खून आने लगा, हालांकि वह थक चुका था पर हार मानने को तैयार नहीं था।

"आराम से, नन्हे बच्चे। बूढ़े ने कहा। मैंने देखा कि तुम आसानी से हार नहीं मानते। पहली बार के हिसाब से बहुत हो गया। अब तुम आराम कर सकते हो। और फिर ... इस शाम तो जाल भी हमेशा से ज़्यादा भारी लग रहे हैं। लगता है कि तुम हमारे लिए अच्छी किस्मत का संदेश लाए हो। कौन जाने ..."

लाला ने झट से मछुआरे की बात मान ली। खुद को दूसरों के रास्ते में आने से बचाने और सब कुछ देखने के लिहाज से, वह मस्तूल पर चढ़ कर, कुछ ही देर में कौए के घोंसले तक पहुँच गया।

कौन जाने...कौन जाने...कौन जाने। बूढ़ा लगातार दोहराते हुए मंत्र की तरह बोल रहा था। उसके चेहरे की मुस्कान गहरी होती जा रही थी।

कौन जाने...कौन जाने...कौन जाने।।

“जी, बाबा। हमें भी यही लगता है।” दूसरे मछुआरों ने भी सुर मिलाया।

“ये तो बहुत भारी है। हैया हो! हैया हो!”

जब जाल दिखने लगा तो उनकी कोशिशें भी दुगनी हो गईं।

“हैया हो! हैया हो! हैया हो!” उनका समवेत स्वर हवा में गूँज उठा।

लाला भी ऊपर स्थिर नहीं बैठ सका। वह मारे उमंग के उछल रहा था। मछुआरे भी जाल खींचते हुए बेहद उत्साहित थे। यह तो साफ था कि वह एक ख़ास रात होने वाली थी।

“आ गया जाल, हर जगह सफ़ेद आकृति दिख रही हैं।” सबसे छोटे मछुआरे ने कहा जिसने अपना सिर पानी में डुबो कर नीचे तक देखा था।

"आराम से ! आराम से। अपने-आप को शांत रखो।" बूढ़े ने उसे काबू करना चाहा, हालांकि उसकी आवाज़ में भी उत्साह छलक रहा था।

"आ जाओ, आ जाओ प्यारियों! हम तुम्हारे इंतज़ार में हैं। देखो! कितनी सुंदर ....आ जाओ... आ जाओ।"

लाला की आंखें अब अंधेरे में देखने की आदी हो गई थीं उसे जाल में बहुत सारी आकृतियाँ दिखाई दे रही थीं। वह फर्श पर उछाल मारती मछलियों की ठक-ठक भी सुन सकता था। मछुआरे एक पल को भी नहीं रुके। उन्होंने बड़े ही उत्साह से मछलियों के आने का ऐलान कर दिया। वे उन्हें तरह-तरह के नामों से बुलाने लगे। लाला अब और नहीं सह सका, वह झट से नीचे आया और अपनी आंखों के आगे फैले उस ख़ज़ाने को देखने लगा जो उन्हें समंदर ने दिया था।

सभी आकार और प्रकार की छोटी-बड़ी मछलियाँ, ऑक्टोपस, छोटी शार्क, झींगे, कंगर स्क्विड और यहाँ तक कि बड़ा सा समुद्री कछुआ भी! कछुए को पवित्र माना जाता था इसलिए उसे पानी में वापिस डाल दिया गया। मछुआरों को नहीं याद था कि इससे पहले कभी इतनी मछली एक साथ पकड़ी गई होगी। उनके लिए तो यह एक दावत हो गई थी। जब तक मछलियों से भरा आख़िरी जाल नाव पर नहीं आ गया, तब तक ख़ुशी का उल्लास नहीं थमा। उस रात, समंदर ने दरियादिली दिखाई थी।

जब आख़िरी जाल भी वापिस आ गया, तो मछुआरे नाव के किनारे बैठ कर दम साधने लगे, वे अपने आगे घूम रही मछलियों को देख कर जैसे यकीन नहीं कर पा रहे थे। यह एक लंबा ख़ूबसूरत पल था।

तभी पहले से तयशुदा घटना की तरह, वे सभी लाला की ओर मुड़े और उसे घेर लिया। उनमें से दो ने लाला को हाथों और पैरों से उठा लिया।

लाला हक्का-बक्का रह गया। उसे डर था कि अपना काम ख़त्म होते ही वे लोग उस नन्हे घुसपैठिए को सज़ा देंगे।

"लाला के लिए हुर्रे! लाला की जय हो!" वे सब एक साथ चिल्लाए। और लाला हवा में उछला। उसे चीखते-चिल्लाते खुशहाल मछुआरों की मज़बूत बाजुओं ने एक, दो और तीन बार ज़ोर से उछाला।

लाला के लिए यही आख़िरी झटका था। हालांकि खुश तो वह भी था पर पेट में हलचल हो रही थी। तब तक तो उसने किसी तरह अपने मिचलाते हुए जी को संभाला हुआ था। अब अब उसके पेट ने इस उछल-कूद के बाद ज़वाब दे दिया।

जब मछुआरे अपने नए शुभंकर के आने का जश्न मना रहे थे, तो शुभंकर उनके ठहाकों के बीच, समंदर से अपनी पहली जान-पहचान की क़ीमत चुकाते हुए, नाव से बाहर मुँह निकाले उल्टी कर रहा था।

OOO

तेरहवां अध्याय

अब समंदर का किनारा साफ देखा जा सकता था।

समंदर के किनारे बनी झोंपड़ियों पर सुबह की रोशनी दिखाई दे रही थी।

समंदर शांत था। बस किनारे की ओर, बड़ी लहरें बार-बार पछाड़ें खा रही थीं मानो जादू से कहीं से आ रही हों।

औरतें अपने मर्दों से मिलने के लिए समंदर के किनारे जमा हो गई थीं जैसा कि वे हर सुबह करती थीं। ताकि वे इस बात की खुशी मना सकें कि समंदर ने एक बार फिर से उनके आदमियों की जान बख़्श दी। वे मछली पकड़ने से जुड़ी सारी घटनाएँ उनके मुँह से सुनना चाहती थीं।

सभी नावों के लिए रात बहुत अच्छी बीती। मछुआरे किनारे खड़ी पत्नियों ने जिस तरह संकेतों में बातें कर रहे थे, उसे देख कर ही अंदाज़ा लगाया जा सकता था। इस तरह, समंदर के किनारे चहल

पहल बनी हुई थी। औरतें बड़ी टोकरियों को सिर पर रखे, झोंपड़ियों से लगातार निकलती आ रही थीं।

लाला, नाव के अगले हिस्से में बूढ़े मछुआरे के साथ बैठा था, उसे यह जानने का कौतूहल था कि उनकी झोंपड़ी कौन सी थी और कौन सी औरत उनकी पत्नी या बेटी थी। अचानक ही, मछुआरे के चेहरे पर छोटी सी मुस्कान खेल गई जिसे देख कर लाला का ध्यान किनारे की ओर गया।

एक झोंपड़ी से छोटी सी लड़की बाहर आई थी। उसने अपनी बगल में एक बड़ी सी टोकरी ले रखी थी। जब वह नंगे पैर किनारे तक आई तो उसकी चाल देख कर लाला को अपनी बहनों की याद आ गई जो सिर पर तांबे के बर्तन रखे, पानी लेने जाती थीं।

रोशनी तेज़ हो गई थी और नाव किनारे की ओर थी। लाला उस लड़की के नैन-नक़्श देख सकता था जो अब किनारे पर खड़ी थी।

वह बहुत सुंदर थी या फिर लाला को बहुत सुंदर लगी।

बूढ़े ने कहा, "वह माया है। मेरी पोती।"

माया! कितना सुंदर नाम! लाला ने सोचा।

जब नाव पास और पास गई तो, वह किनारे पर उनका इंतज़ार करने वाली उस आकृति से नज़रें ही नहीं हटा पाया। उसे अपने भीतर एक विचित्र सा अपनापन महसूस हुआ और ऐसा लगा कि पेट में तितलियाँ सी उड़ रही हों। लाला अभी जानता नहीं था पर वह माया को देखते ही उससे प्यार करने लगा था।

मूड में अचानक आने वाले इस बदलाव के नतीजे भी निराले थे। लाला एक अजीब से उत्साह से घिरा था। उसने सोचा कि ऐसा क्या था जो मानवीय संबंधों में सहज हो सकता था : पहली छाप बहुत अहम हो सकती थी।

हालांकि वह आमतौर पर बहुत शांत रहता था और थोड़ा शरमीला भी था, उसने अपनी ओर से, नाव से कमाल दिखाते हुए उतरने का फ़ैसला लिया। दूसरे मछुआरे पहले ही पानी में कूद कर, नाव के दूसरे किनारे तक आ गए थे ताकि उसे आख़िर तक ले जा सकें और नाव का अगला हिस्सा किनारे के पास ही था।

हमें भूलना नहीं चाहिए कि लाला में बंदर जैसी फुर्ती थी इसलिए उसने सोचा कि वह भी अपना हुनर दिखा दे कि वह ऐसा कर सकता है। उसने नाव के एक किनारे पर हाथ रखा और किनारे की ओर ज़मीन पर छलांग लगा दी।

कम से कम, वह तो ऐसा ही चाहता था पर समंदर से जान-पहचान न होने की वजह से उसने अपना करतब दिखाने के लिए ग़लत क्षण का चुनाव किया। जैसा कि अपेक्षित था, उसने छलांग तो भरी और टांगें भी सीधी ही थीं परंतु पानी के कुछ इंच नीचे ज़मीन मिलने और कमाल की छलांग से उड़ने वाले पानी के छींटों के बजाए, वह मज़ाकिया तरीके से पानी में गायब हो गया, जो अब तक उसके कानों तक आ रहा था।

वह खाँसते-खखारते और पानी थूकते किसी तरह बाहर निकला तो देखा कि माया खिलखिला रही थी।

लाला का दिल चाहा कि वह वहीं मर जाए।

माया के सफेद दांतों की दो पंक्तियाँ झलमल कर रही थीं और लंबे काले पेड़ उसके चेहरे को सहला रहे थे। लाला उसे विनती करना चाहता था कि वह उसका मज़ाक न उड़ाए पर मुँह में भरे पानी की वजह से बोलना नामुमकिन था और वैसे भी उसे लगा कि अगर उसने किसी तरह अपना दम साध भी लिया तो भावुक क्षणों में सामने आने वाली हकलाहट बड़ी आसानी से उसकी गरिमा पर वार कर सकती थी।

"और तुम कौन हो जी?" माया ने हँसना बंद कर मधुर स्वर में पूछा।

लाला किसी भीगी बिल्ली की तरह अपनी सांस रोके हुए था ताकि खांसी न करनी पड़े। इस तरह उसे माया के सामने ही थूकना भी पड़ता। वह अब डरने लगा था।

"इसका नाम लाला है और मुझे लगता है कि यह कुछ समय तक हमारे साथ रहेगा।"

बाबा ने उसे बचा लिया! लाला के मन में उनके लिए वैसे ही प्यार उमड़ रहा था, उसका बस चलता तो वह उन्हें वहीं चूम लेता। और यही बहुत नहीं था ...

"तुम्हें कुछ समय तक इसका ध्यान भी रखना होगा। शायद इसने लंबे समय से कुछ नहीं खाया और समंदर में सारी रात बिताने पर भी इसकी भूख कम नहीं हुई होगी।"

लाला अपने शरमीले स्वभाव के बावजूद रह नहीं सका और बूढ़े आदमी का हाथ चूमने भागा।

बाबा ने उसका सिर थपथपाया। "चलो, घर चलें।"

घर। ऐसा शब्द, जो लाला ने एक बरस से ज़्यादा समय से नहीं सुना था। इसका मतलब था कि अब उसके सिर पर एक छत होगी और एक ऐसी जगह होगी जिसमें उसका स्वागत होगा। सबसे बड़ी बात, अब वह फिर से अपने बचपन को जी सकेगा। एक साल से भी ज़्यादा समय से उस पर कड़ी मेहनत का बोझ नहीं था बल्कि अपनी देखभाल खुद करना ज़्यादा बड़ा बोझ बन गया था। किसी ने उसका हाथ नहीं बँटाया, किसी ने उसकी परेशानी नहीं बाँटी, किसी ने रात को उसका सिर नहीं थपथपाया।

लाला इतना प्रसन्न और उत्साहित था कि वह बाबा के साथ दुलकी चाल में चलने लगा। अगर उसकी कोई दुम होती तो बेशक़ वह उसे बहुत ज़ोर से हिला रहा होता। और फिर, 'माया, तुम्हें इसका ख़्याल रखना होगा।', बाबा ने कहा था। 'इसका ख़्याल रखना'। इसका मतलब है कि वह उसके आसपास रहेगी। कम से कम दिन में एक बार, कम से कम भोजन के समय, वह उसके पास रहेगी। बस यही लाला को दुनिया का सबसे खुशहाल लड़का बनाने के लिए बहुत था।

और बेशक़, हालात बेहतर होते गए, पहले से कहीं बेहतर। लाला को बाबा की नाव, आनंद के लिए बाक़ायदा काम करने वाले छोकरे की तरह रख लिया गया।

हालांकि उस रात जितनी मछलियाँ पकड़ी गई थीं, दोबारा वैसा नहीं हो सका पर सब ठीक चलता रहा। इस तरह लाला उनके बीच एक शुभंकर बन गया। लाला अब भी कम गर्वीला नहीं था, पर उसने बाबा से आग्रह किया कि वह ईमानदारी से अपनी मजदूरी कमाना चाहेगा जो बाबा ने देने का आश्वासन दिया था।

वह जालों को सही तरह से रखता, उनकी सफाई करता, डेक की धुलाई करता और छोटे-मोटे कामों में मदद करता; कुल मिला कर वह अपनी क्षमता से अधिक काम करता। और मछली पकड़ने वाली नाव पर कभी काम की कमी नहीं रहती।

सबसे ज़रूरी बात यह थी, उसे अपना सारा पैसा अपना पेट भरने पर ही लगाने की ज़रूरत नहीं थी क्योंकि काम अच्छा चल रहा था और बाबा उसके खाने का स्वयं ध्यान रखते।

लाला अपनी सारी आय जमा कर सकता था, वह अक्सर उन पलों के बारे में सोचता, जब वह अपने घर पहला ख़त लिखते हुए, पैसे भेज सकेगा। उसने कड़ी मेहनत के उन महीनों के दौरान कितना चाहा कि

कभी उसे वह ख़त लिखने का मौका मिल सके। माई को कितना गर्व होगा और बाबू उसकी ख़बर पा कर कितने खुश होंगे, यह सोच कर ही उसकी आंखें भर आतीं।

और फिर माया। हर सुबह लाला के मन में उसे देख कर वही भाव आते, जो उसे पहली बार समंदर किनारे देख कर महसूस हुए थे। शायद अब वे पहले से भी मीठे हो गए थे क्योंकि वह जानता था कि वह आएगी। लाला उन पलों के इंतज़ार में रहता, जब वह सिर पर टोकरी लिए झोंपड़ी से बाहर निकल कर, उनकी ओर आती दिखाई देती।

जब मछली पकड़ने का काम पूरा होता और नाव समंदर के किनारे की ओर चल देती, तो लाला की बेताबी और बढ़ जाती। अगर उसके पास करने को कोई काम न होता तो वह नाव के अगले हिस्से पर खड़े हो कर ज़मीन को इस तरह देखता मानो ऐसा करने से वह ज़ल्दी पास आ जाएगी। शायद बाबा को थोड़ा अंदाज़ा हो गया था और वे बातों-बातों में उसकी खिंचाई भी करते पर लाला को अंदाज़ा नहीं था। उसे तो बस नाव के किनारे लगने का इंतज़ार रहता।

माया हमेशा उनसे मिलने आती और यही बात लाला को बहुत पसंद थी। अब उसका किनारे पर उतरना पहली बार जितना आलीशान नहीं था। वह पानी में छलांग तो लगाता था पर तभी, जब आनंद का अगला हिस्सा रेत में अच्छी तरह गड़ जाता था।

हर सुबह, सूरज उगने और नाव के किनारे पर लगने के बाद एक सुंदर से दिन की शुरुआत होती। हर दिन दूसरे दिन की तरह था, हर दिन पिछले दिन से ज़्यादा सुंदर था, जिसके लिए शांत और सुंदर आदतों के दोहराव को धन्यवाद देना चाहिए।

ज्यों ही वे नाव से उतरते - उनके बीच कुछ शब्दों में अभिवादन होता - रात को उसके बारे में लाखों बार सोचने के बाद वह केवल इतना ही कह पाता था - लाला दूसरों की तरह, मछलियों को औरतों

के हाथों बाज़ार तक भेजने के काम में मग्न हो जाता। यह काम लाला को बहुत पसंद था क्योंकि उसने तब तक रात को पकड़ी गई मछली को देखने का मौका नहीं मिला होता था। इसके साथ ही माया को भी बहुत अच्छा लगता था क्योंकि वह देखना चाहती थी कि उस दिन मछली पकड़ने का अभियान कैसा रहा। पूरी रात ईमानदारी से काम करने के बाद, उसके नतीजों को छूने और देखने का भी अपना ही उत्साह था।

फिर वे औरतें और कुछ मछुआरे, उस गाँव में जाते, जहाँ महा नगर से आए लोग ताज़ी मछली लेने आने वाले होते।

लाला और माया को छोटी उम्र होने का फ़ायदा मिलता, उन्हें कहीं जाना नहीं पड़ता था। लाला को इन्हीं पलों का सबसे ज़्यादा इंतज़ार रहता, जब वह अपने नन्हे से प्यार के साथ अकेला होता। वह उसका प्यार इसलिए था, क्योंकि वह उसके प्यार में था। लाला ने कभी पूछा तक नहीं था कि इस बारे में माया क्या भावनाएँ हो सकती थीं। वह अपनी इस भावना की संवेदना में इतना प्रसन्न था कि कुछ कहते नहीं बनता था। उसे एक लंबे समय के बाद एहसास हुआ कि माया के साथ रहना, उसके पास रहते हुए उसके बारे में सोचना, प्रेम में होने पर इससे सुंदर भावना कोई और नहीं हो सकती थी।

इस तरह, हर सुबह, वह साए की तरह माया के साथ झोंपड़ी की ओर जाता, जहाँ वह किनारे पर आने से पहले चाय चढ़ा जाती थी। वे समंदर की ओर चेहरा किए, आंच के पास बैठते और आकाश में सूर्य उदय होता। माया बाबा और लाला को चाय और चपाती परोसती क्योंकि मछली पकड़ने के बाद तेज़ भूख लग जाती थी। कई बार, लाला अपने-आप से पूछता कि क्या वह कोई सपना देख रहा था या वह एक सच था।

उन शांत सुबहों के दौरान, लाला टुकड़ों-टुकड़ों में अपनी कहानी माया को सुना चुका था। और माया ने उसे अपनी कहानी सुनाई थी।

माया का जन्म भी बंबई का नहीं था। वह भी अपनी क़िस्मत आज़माने ही उस जगह आई थी। वह दक्षिणी भारत के तट, मालाबार में जन्मी थी, जहाँ उसका परिवार जाने कब से मछली पकड़ने का काम करता आया था, जिस तरह लाला का परिवार खेती-बाड़ी करता आया था। पर मछुआरों के लिए भी हालात हमेशा एक से नहीं रहते। उन्हें भी समय-समय पर मछली पकड़ने के लिए जगह बदलनी पड़ती है और ऐसी जगह जाना पड़ता है जहाँ ज़्यादा मछली मिल सके, वे थोड़े या ज़्यादा समय के लिए तट के साथ-साथ दूसरी जगहों पर जाते रहते हैं।

एक खराब मौसम के बाद, माया के परिवार ने मिल कर चर्चा की कि अब उन्हें क्या करना चाहिए। बाबा ने तय किया वे अपने दो बेटों के साथ जगह बदलेंगे। माया के माता-पिता ऐसा नहीं कर सकते थे क्योंकि उनके दो बच्चे बहुत छोटे थे। परिवार ने तय किया कि माया बाबा के साथ जाएगी और उस नई जगह पर उनका ख़्याल रखेगी। इस तरह, बाबा, माया और उसके चाचा, अपना अधिकतर सामान ले कर, बंबई के पास समंदर तट पर आ गए। उन्होंने वहीं रहने वाले देहाती लोगों के पास अपनी झोंपड़ियाँ बनाईं, जो कुछ समय पहले आए थे और फिर उन्होंने अपने जीवन का आरंभ किया।

बाबा ने अपने बेटों और हुनरमंद बढ़ईयों की मदद से 'आनंद' बनाई, वे अक्सर गर्व से कहते कि उनके बेटों के बाद, यह उनके जीवन की सबसे सुंदर रचना थी। उन्होंने तय किया था कि वे एक या दो मौसम तक वहीं रहेंगे और फिर लौट जाएँगे पर उनके साथ वही हुआ जो जबरन घर छोड़ने वालों के साथ होता है। वे आते तो अपनी मर्जी से हैं परंतु वापसी उनकी मर्जी से संभव नहीं होती।

पहले-पहल, माया उदास रहती थी क्योंकि उसे अपने माता-पिता और भाई-बहनों की बहुत याद आती थी। पर उसे बाबा की मदद करना

भाता था, वे काम करके घर में अच्छे पैसे भेज पाते थे। उसके चाचा शादी कर चुके थे और उनके बच्चों की देख-रेख के बीच माया को वह जगह कम विदेशी और परायी लगने लगी थी और वह धीरे-धीरे अपने परिवार की गैर मौजूदगी की आदी हो गई। घर की याद तो आती थी पर अब पहले जैसी तड़प नहीं थी।

जब माया उन लंबी सुबहों के दौरान उससे बातें करती तो उस दौरान वह छोटे शंख और सीपियों से मालाएँ बनाती थी। वह और गाँव के दूसरे बच्चे समंदर के किनारे से छोटी सीपियाँ बटोर लाते। उस जगह बहुत सारी सीपियाँ और छोटे शंख मिल जाते थे। तूफान के बाद तो और भी ज़्यादा खोजे जा सकते थे। असल में उनमें से सुंदर सीपियों को चुन कर धागे में पिरोने का काम मुश्क़िल था जिसके लिए बड़ा धीरज चाहिए था। उन्हें एक ही आकार का होना चाहिए या वे इस तरह व्यवस्थित हों कि देखने में सुंदर डिज़ाइन सा लगे। अगर वे सुंदर न बनते तो हर सप्ताह माल लेने आने वाला व्यापारी उन्हें लेने से इंकार कर देता।

लाला ने अपनी ओर से मदद की पेशकश की। सब मामला गड़बड़ हो गया। उसके हाथ तेज़ी से बड़े और कठोर हो रहे थे, उसके पांव भी ठीक वैसे ही थे। उसने उन छोटे छेदों से धागा पिरोने की कोशिश की। वह बार-बार धागे को अपने थूक से गीला करके सीधा करता और सीपी को रोशनी में ले जा कर पिरोने की कोशिश करता पर कोई फ़ायदा नहीं हो रह था। इस दौरान सीपी उसके हाथ से छूट कर रेत में गिर जाती। वह खीझ कर दूसरी सीपी उठा लेता। माया की तीन मालाएँ पूरी हो जातीं और उसकी एक माला भी अधूरी पड़ी रहती।

हालांकि इन बातों से उसकी खुशी पर कोई असर नहीं पड़ा। माया उसे चिढ़ाती, पर लाला को यह भी पता था कि वह स्नेहवश ऐसा कर रही थी। उसे लगता था कि वे मिल कर एक साथ अच्छा समय बिता रहे थे, वे एक-दूसरे के लिए बने थे।

तब तक, लाला ने तय कर लिया था कि वह अपने प्यार का ऐलान कर देगा। कई बार मन में आता कि उसे सब कुछ बता दे, अपने दिल की बात कह दे और माया से कहे कि वह अपनी बात कहे। पर उसे यह सोच कर ही डर लगता था कि कहीं माया के मन में कुछ और हुआ तो। वह दयावश उसे पसंद कर रही हो और अगर उसे लाला की भावनाओं का पता चलता तो शायद वह उससे पीछे हट सकती थी। इस तरह उन जादू भरे दिनों का जादू टूट सकता था। वह किसी तरह अपनी इस इच्छा को दबा देता और अगले दिन तक दबाए रखता।

ता के बीच मग्न थे। वे पल सूर्य के चक्र से ही मापे जाते, मछुआरों के पास यही एक घड़ी होती है। यही घड़ी लाला के किसान परिवार के लिए अलग तरह से काम करती थी। लाला और मछुआरे सूरज आकाश में आने पर सो जो। फिर हल्का खान खाने के बाद सारी दोपहर जाल ठीक करने और बाँधने में लगाते और समंदर का सामना करने के लिए नावें तैयार करते।

फिर से शाम को जाल नीचे कर देते। बाबा एक शानदार मछुआरे थे। मछली पकड़ने का जाल किस जगह डाला जाए, यही सबसे बड़ी परीक्षा थी या जाल को नीचे किस तरह किया जाना था। बाबा मौसम के हिसाब से जगह चुनते, हवा, हवा का बहाव और दूसरे रहस्यमयी संकेत, जो समंदर में ही पढ़े जा सकते थे।

फिर वे नाव के कोने पर खड़े हो कर, निर्देश देते और जाल नीचे किए जाते। नाविक उनकी बात पूरी होने से पहले ही उनके संकेतों का पालन करते। वे सब अपने काम में माहिर थे और आनंद हमेशा सबसे ज़्यादा मछली ले कर किनारे पर उतरती।

यदि जाल नीचे करने के बाद, अगर पतवार इस्तेमाल करने के लिए हवा होती या वे बहुत दूर न गए होते, तो बाबा उन्हें ज़मीन पर

वापिस चलने का आदेश देते। फिर वे वापिस आ जाते ताकि सूरज उगने से पहले जाल डाल सकें, इससे पहले कि केंकड़े और दूसरे जानवर पकड़ी जाने वाली मछली का चारा खा लें।

जब वे रात को वापिस जाते तो लाला को बहुत अच्छा लगता। औरतों को अपने मर्दों को वापिस आता देख बहुत अच्छा लगता। फि एक जगह अलाव के आगे खड़े होते और नाच-गा कर अपना समय बिताते। सबसे अच्छा नाचने वाले अपने नाच को सुधार कर पेश करते, सब ताड़ी पीते और सब ख़ुशी मनाते।

रात को, जब मछली पकड़ने के लिए चुनी हुई जगह किनारे से बहुत दूर होती, तो वे वहीं रुक कर सुबह होने का इंतज़ार करते। ऐसे मौकों पर, आख़िरी जाल नीचे करने और नाव को फ्लोटर से बाँधने के बाद, वे ख़ुद को समंदर के हवाले कर देते। वे बहुत आलीशान पल होते थे। थोड़ी बहुत बातचीत के बाद सन्नाटा छा जाता। मानो आपस में सबने समझौता कर लिया हो कि वे मिल कर पूरी तरह मनन में खोए रहेंगे, उन तत्त्वों के साथ अपने मन को एकाकार कर देंगे।

लाला ने उन रातों के दौरान समझा कि मछुआरे इतने नेक, दिलदार, ईमानदार और धार्मिक क्यों थे। समंदर और आकाश के बीच अकेले, उस अद्भुत अनंत के बीच वे इतने छोटे थे। सोचने के लिए बहुत कुछ नहीं था, रात-दर-रात, वे किसी भी दूसरे इंसान की तुलना में कहीं बेहतर जानते थे कि वे उस महान सृष्टि का एक हिस्सा थे। वे जानते थे कि उनकी जगह क्या थी और रोज़मर्रा के मामलों में किसी दूसरे के जीवन को नुकसान करना कितना अजीब और बेतुका था।

एक सुबह, दूसरे लोगों की तरह, लाला माया के साथ बैठा था जो सीपियों से माला बना रही थी। उसने माया से वह सवाल पूछ ही लिया जो काफी समय से उसके दिमाग में चल रहा था, "तुमने अपने गले में यह जो पहना है, जो तुम हमेशा पहने रहती हो, इसका क्या मतलब है?"

"ये वाला?" माया ने अपने हार में लटक रहे छोटे से क्रॉस की ओर इशारा किया। "यह एक क्रॉस है। मैं ईसाई हूँ।"

"ईसाई होने का क्या मतलब है?"

"यही कि मेरा भगवान प्रभु ईसा है।"

"क्या वह कृष्ण नहीं है"

"नहीं, वह जीसस क्राइस्ट है।"

लाला कुछ देर सोचता रहा और फिर से पूछा : "और तुम्हारा भगवान कैसा है?"

माया ने ज़वाब दिया, "वह अच्छा है।"

"और वह क्या करता है?" लाला ने ज़ोर दिया।

"जब भी मैं उससे बात करती हूँ तो वह मेरी बात सुनता है। और मैं ... मैं उससे बात करती हूँ क्योंकि वह मेरी सुनेगा।"

"मेरे और कृष्ण के बीच भी ऐसा ही है, ख़ासतौर पर तब, जब मेरे सामने कोई समस्या आती है! और फिर?"

"और फिर, वे भगवान के अवतार हैं, पिता, जिन्होंने यह सारी रचना की है।"

"मेरी माँ ने बताया था कि कृष्ण के साथ भी ठीक ऐसा ही है। जब कृष्ण का जन्म हुआ था, तो शासन करने वाले दुशट राजा को भविष्यवाणी से पता चल गया था कि एक बच्चे का जन्म होगा जो ईश्वर का बेटा है और वही राजाओं का राजा होगा। तो अपना राज्य छिनने के डर से, राजा ने अपने सेवकों से कहा कि वे हर नए पैदा होने वाले बच्चे को जान से मार दें। पर क़िस्मत से, कृष्ण जीवित रहे।"

"जब ईसा मसीह का जन्म हुआ, ऐसा तब भी हुआ था।"

"और उन्होंने तुम्हें क्या सिखाया?"

यही कि प्यार सबसे ज़रूरी चीज़ है। हमें अपने पड़ोसियों को अपनी तरह प्यार करना चाहिए, तभी हम ईश्वर को जान सकते हैं।

"पर कृष्ण के लिए भी यही सबसे ज़रूरी चीज़ है! लाला ने चेहरे पर बड़ी सी मुस्कान के साथ कहा। "माया, तुम नहीं जानतीं कि मैं कितना खुश हूँ। एक पल के लिए, मुझे डर लगा था कि कहीं तुम्हारे मसीह हमें अलग न कर दें, पर अब मुझे नहीं लगता कि हमें अपने बच्चों को शिक्षा देने में किसी तरह की परेशानी होगी।" ये शब्द कहते ही, जाने कैसे लाला ने आगे बढ़ कर माया का हाथ थाम लिया।

ये उसने क्या कर दिया था! अगर वह अपने किए से पीछे हट सकता था तो शायद अब तक हट जाता।

"ओह। उसने सोचा। फिर एक पल के लिए जैसे वह सुन्न हो गया। अब ये उठ कर चली जाएगी और सब कुछ हमेशा के लिए ख़त्म हो जाएगा।

पर माया उठ कर नहीं गई। उसने हल्की सी मुस्कान के साथ पलकें झपकाईं और लाला का हाथ कस कर दबा दिया।

उन दोनों ने पहली बार एक-दूसरे को छुआ था। यह छुअन केवल एक पल की थी।

उसी एक पल में, लाला और माया जान गए कि उन्होंने आपस में एक वादा कर लिया था कि वे आजीवन एक-दूसरे के लिए सच्चे रहेंगे।

ooo

चौदहवां अध्याय

भगवान के लिए, ज़ल्दी करो। ज़ल्दी ....

लाला ने बाबा को इतना परेशान कभी नहीं देखा था।

वे एक से दूसरी झोंपड़ी की ओर भागते हुए दरवाज़े खटखटा कर अपने लोगों को उठा रहे थे। रात अभी पूरी तरह से नहीं हुई थी पर आकाश गहराने लगा था।

सुबह से मौसम का मिजाज़ समझ नहीं आ रहा था। मानसून का मौसम आ रहा था और किसी भी दिन बारिश और तूफ़ानी हवा आ सकते थे। पर यह कहना मुश्किल था कि उस रात कोई तूफ़ान आने वाला था या नहीं।

बाबा और दूसरी नावों के कप्तान मछली पकड़ने का एक भी दिन बरबाद नहीं जाने देना चाहते थे इसलिए उन्होंने तय किया कि वे उस शाम भी अपना काम करेंगे।

आकाश का रंग भी बड़ा अजीब लग रहा था। वह सलेटी पर उजला था, मानो सूरज ने बादलों के आगे हथियार डालने से इंकार कर दिया हो। समंदर का रंग भी सलेटी था। लहरें किनारे से छोटी लग रही थीं, वे सब सफ़ेद रंग से सजी ऐसी लग रही थीं मानो बहुत सारी भेड़ें हों। लाला ने पहले कभी ऐसे नहीं देखा था।

समंदर पूरी तरह से शांत था। उन लोगों ने जाल डाल दिए और बाबा ने वापिस चलने का आदेश दे दिया, उनके मन में एक ही बात थी कि कहीं तूफ़ान न आ जाए या फिर आना ही हो तो किसी दूसरी जगह आए।

जब वे आख़िरकार किनारे पर आए, तो दूसरे मछुआरे आराम करने चले गए। पर बाबा ने एक पल के लिए भी किनारा नहीं छोड़ा। वे समंदर के किनारे लंबी दूरी तक लगातार टहलते रहे, समंदर और आकाश को देखते हुए, घबराहट के साथ अपनी सफेद दाढ़ी लहराते रहे।

लाला और माया चुपचाप उन्हें ऐसा करते देखते रहे। वे भी चिंता में थे, मन पर बोझ सा था।

मौसम बदतर होता जा रहा था। समुद्री पक्षी किनारे पर वापिस आने लगे थे ...

अचानक, बाबा को कुछ सुनाई दिया। उन्होंने रुक कर, क्षितिज को ध्यान से देखा। फिर उन्होंने गर्दन का पिछला हिस्सा सहलाया। हे भगवान, तूफ़ान आ रहा है ...। वे झट से अपने लोगों की झोंपड़ियों की ओर भागे व उन्हें उठाने लगे।

समुद्री तूफ़ान! समुद्री तूफ़ान ... ज़ल्दी करो। बरबाद करने के लिए एक मिनट भी नहीं है। नाव की ओर **चलो! नाव की ओर चलो!**

बाबा समझ गए थे कि जो आने वाला था, वह कोई आम तूफ़ान नहीं था, ऐसा तूफ़ान कहीं बरसों में जा कर आया करता है। समुद्री तूफ़ान। और जब ये आता है तो बहुत भयंकर होता है।

ृायद अब भी जालों को बचाने की हल्की सी आस बाकी थी - वही उनके जीवन की इकलौती पूंजी थे। तूफ़ान के आने से पहले जाल तक पहुँचना ज़रूरी था। बरबाद करने के लिए समय नहीं था। समय के साथ दौड़ लगानी थी। समुद्री तूफ़ान अब भी दूर था, वे अब भी जाल वापिस ला सकते थे। उन्हें किसी भी हाल में यह कोशिश करनी ही थी, चाहे उन्हें अपनी जान ही क्यों न दांव पर लगानी पड़े। वे लोग पल के लिए भी नहीं हिचके। कुछ ही पलों में, नावें समदंर में उतरने को तैयार थीं।

समंदर बहुत भंयकर होता जा रहा था, पर फिर भी अभी नावें चल पा रही थीं। दूसरे मछुआरों ने भी यही तय किया और अपनी नावें पानी में उतार दीं। समंदर के किनारे भारी हलचल मची थी।

लाला ने अपनी ओर से नाव को धकेलने में कसर नहीं छोड़ी।

"तुम आज पीछे ही रहोगे।" बाबा ने कहा।

"क्यों? लाला यह बात मानने को तैयार नहीं था।

"क्योंकि आज समंदर में जाना ख़तरनाक हो सकता है।"

लाला ने कोई ज़वाब नहीं दिया। बाबा के साथ बहस से कोई फ़ायदा नहीं था। बाबा हमेशा सोच-समझ कर ही बोलते थे। जब भी वे कोई आदेश देते तो उसके पीछे कोई वजह होती थी। लाला यह जानता था पर इस बार उसे इस तरह किनारे पर रहने की बात पसंद नहीं आई। वह भी उस नाव का हिस्सा था और मछली पकड़ना ही उसका धंधा था। उसे भी जाल बचाने के लिए अपनी जान दांव पर लगानी चाहिए थी।

वह डरा हुआ था पर इसी वजह से पीछे नहीं हट सकता था। उसने किनारे पर मचे हल्ले-गुल्ले का फ़ायदा उठाया और नाव के उसी हिस्से में जा कर छिप गया, जहाँ पहली रात सो गया था।

उस जगह छिपने और उस महा भयंकर घटना के रोमांच के बीच जीने के बारे में सोचते ही उसका डर जाता रहा। वह अपने छिपने की जगह से मछुआरों की एक साथ उठती आवाज़ें और स्वर सुन सकता था। वे अपनी नावों को पानी में उतारते हुए एक साथ बोलते, हो.. .हो... हो।

उसने नाव का उठना और फिर पानी में पहली छपाक का स्वर महसूस किया। उसने सुना कि बाबा नाविकों को आदेश दे रहे थे। उन्हें झट अपने जालों के पास पहुँचना था।

लाला अचानक गेंद की तरह लुढ़का और नाव ने आने वाली लहर से पछाड़ खाई तो उसने वह झटका महसूस किया। नाव बार-बार ऊपर और नीचे हो रही थी। लाला लुढ़क गया, पर इससे क्या फ़र्क पड़ता था। वे लोग काफ़ी आगे तक निकल आए थे। समंदर हरहरा रहा था पर नावें अभी चल पा रही थीं।

हालांकि हवा में उतना ज़ोर नहीं था। लाला ने बाबा को आदेश देते सुना कि पाल को ऊपर खींचा जाए। वह एक मस्तूल से लिपटा हुआ तिकोना पाल था। कछ ही पलों में, बाबा के आदेश का पालन करते हुए, दूसरे मछुआरे पाल के लिए बेहतर कोण तलाशने लगे और हवा लगते ही नाव तेज़ी से भागने लगी। लहरें ऊँची थीं पर जब तक वे आगे की ओर आराम से जा रहे थे और नाव संभली हुई थी कोई दिक्कत नहीं थी।

लाला अपने छिपने की जगह से ही, मछुआरों के बीच होने वाली बातचीत के अंश सुन पा रहा था। यह तो साफ़ था कि वे बस चिंता में थे। हवा का बहाव हर पल और तेज़ होता जा रहा था ...

निगरानी करने वाले ने चिल्ला कर कहा, "वह रहा हमारा निशाना। जालों की पहचान हो गई थी।"

एक बार फिर से, *आनंद* पर काम करने वाले लोगों का अनुभव सामने आया। कुछ ही पलों में, तेज़ हवा और विशाल लहरों के बावजूद, भरोसेमंद नाव का पाल नीचे किया गया। वह फ्लोटर के पास थी, आदमियों ने उसे हुक से अपनी ओर खींच लिया।

"ज़ल्दी करो! ज़ल्दी करो। सारे मिल कर खींचो!"

लाला ने छिपने की जगह से सिर बाहर निकाला।

"और तुम इधर क्या कर रहे हो?"

बूढ़े बाबा ने उसे देखते ही वही सवाल किया जो पहली रात मिलने पर किया था पर इस बार सुर पूरी तरह से अलग था।

लाला ने खुद को बाहर निकाला और नाव के हिचकोलों के बावजूद बाबा को कुछ कहे बिना उनकी आँखों में देखा।

बाबा ने अपने बड़े से हाथ से उसका कंधा दबाया और फिर सिर पर हल्का सी फटकार देते हुए दूसरे आदमियों की ओर जाने को कह दिया। हालांकि उस फटकार में भी उस लड़के की हिम्मत और हौसले के लिए समझ और सराहना छिपे थे जो उस ख़तरे और जोखिम के बीच अपने हिस्से का काम करना चाहता था।

लाला कुछ ही छलांगों में जालों पर काम कर रहे लोगों तक पहुँच गया। जाल वापिस खींचना आसान नहीं था। समंदर और हवा ने मिल कर काम को बहुत मुश्क़िल बना दिया था। और वे लोग एक पल की भी देरी नहीं सह सकते थे। विशाल, काले बादल बड़ी तेज़ी से उनकी ओर आ रहे थे। दूर से ही, हवा को काटती बिजली और उसकी चमक देखी जा सकती थी। हर बार बिजली की कड़क के साथ बाबा

अपना सिर उठा कर पल गिनने लगते। बिजली की गरजन जितने समय के दौरान उनके कानों तक पहुँच रही थी, वे उससे अनुमान लगा कर बता सकते थे कि समुद्री तूफ़ान उनसे कितनी दूरी पर था।

"ज़ल्दी करो। ज़ल्दी करो। भगवान के लिए ज़ल्दी करो। कुछ ही मिनटों में हम इस तूफ़ान के अंदर होंगे। हमें इस जगह से झटपट निकलना चाहिए।"

लगभग सारे जाल नाव पर आ चुके थे। लाला का कलेजा मुँह को आ गया, ऐसा उसकी कोशिशों की वजह से नहीं था। उसने आजीवन खुद को ऐसे हालात में नहीं पाया था जब प्रकृति अपना गुस्सैल रूप दिखा रही हो।

उसे लगता था कि उसकी और समंदर की दोस्ती हो गई थी। वह जिस समंदर को अपना मानता था। आज वही गुस्से से सिर उठाए खड़ा था। और उसकी साथी हवा भी लोगों को धमका रही थी जो रोज़ उसका जोखिम उठाने की चुनौती ले लेते थे।

लाला सहमा हुआ था पर इसके साथ ही प्रकृति की शक्ति से अभिभूत भी था। लहरें हर पल तेज़ और ऊँची होती जा रही थीं।

जाल ऊपर आ चुके थे पर जैसे ही आख़िरी लंबाई को खींचा जा रहा था तो तूफ़ान लगभग उनके पास तक आ गया। लोगों पर ताबड़तोड़ बरसात होने लगी जो हवा के वेग और प्रबल हो गई थी। जाल खींचने में बहुत देर हो गई थी और अब नाव चलाना भी मुश्किल ाा।

बाबा ने अपनी ओर साहसिक निर्णय लिया, "पाल चढ़ा दो।"

अगर मस्तूल और पाल उन लोगों का साथ देते तो शायद उनके पास खुद को तूफ़ान की नज़रों से दूर रखने का आख़िरी तरीका था। पर अगर बीच में कोई बाधा आती तो शायद यह उन सबका अंत था।

इस तरह एक असमान युद्ध आरंभ हुआ : आनंद और भारी समुद्री तूफ़ान, कुछ लोग मिल कर बेक़ाबू हो चुकी कुदरत का गुस्सा झेल रहे थे।

बाबा ने समंदर में बिताए लंबे बरसों के दौरान पहले भी कई बार तूफ़ानों का सामना किया था पर ऐसा पहली बार था कि वे धरती से बहुत दूरी पर थे। बड़ी चुनौती यही थी कि उन्हें पाल का इस तरह इस्तेमाल करना था कि वे धरती के निकट जा सकें और हवा के प्रवाह में बहने के बजाए, पाल गिरा कर, नाव को किनारे तक खे सकें।

हवा ने झट से कपड़े के छोटे तिकोने को उड़ा दिया। मस्तूल डरावने अंदाज़ में झुक रहा था। मछुआरों ने पाल को संभाला। वे अपनी पूरी कोशिशों से नाव को उस भयंकर हवा के बीच अडोल रख रहे थे। लाला अपनी ओर से कोशिश में लगा था। सब लोग बाबा की ओर देख रहे थे जिन्हें देख कर लगता था कि हवा और नाव से बातें कर रहे हों।

"वह रहा किनारा...।" एक युवा मछुआरा चिल्लाया। वह एक झलक मात्र थी। विशाल लहरों ने आनंद को फिर से घेर लिया।

नाव हवा के तेज़ और लगातार पड़ने वाले दबाव के कारण चरमराने लगी थी। परंतु उन आदमियों की ताकत भी जैसे सौ गुना हो चुकी थी।

उन्हें किनारे की ओर जाने के लिए, अपनी स्थिति को हवा की ओर करना था और नाव के पिछले हिस्से को लहरों की ओर करना था। वह अपने-आप में निर्णायक पल था।

बाबा ने उनके इस काम को सही तरह से पूरा करवाया पर समंदर अशांत था। आनंद के पिछले हिस्से में पानी भरने लगा। जोखिम भारी हो गया था। कुछ ही मिनटों में नाव में पानी भर जाता और वह उन सबकी मौत का पैगाम होता।

"सारे सामान को फेंक दो!"

हर कोई बाबा की ओर मुड़ा।

"सारे सामान को फेंक दो!"

जालों को समंदर में फेंकने का मतलब था कि जो वे करने निकले थे, उस काम को अपने हाथों ख़त्म करना।

बाबा के चेहरे पर तनाव था पर वे अपनी बात पर डटे रहे। "सारे सामान को फेंक दो।" उन्होंने फिर से अपनी बात दोहराई।

दो बूढ़े मछुआरे जालों के पास गए और उन्हें समंदर के हवाले करने लगे

"ज़ल्दी करो।" बाबा ने उनकी सवालिया निगाहों को देखते हुए कहा।

सबकी आंखें मस्तूल पर टिकी थीं,जो हवा के बहाव से बहुत ग़लत तरीके से मुड़ा हुआ था। जाल फेंकने वाले उन दो मछुआरों के सिवा किसी ने भी नहीं देखा कि समंदर किस तरह उनके जाल निगल गया था।

परंतु नाव पर भार कम होते ही तत्काल प्रभाव हुआ। नाव हल्की होते ही तेज़ी से आगे जाने लगी।

चलो, नन्हे *आनंद!* बस थोड़ी देर और सह लो। मेहरबानी करो, थोड़ी देर और। लाला की मांसपेशियों में तनाव दिखने लगा था।

हवा इतनी तेज़ी से बह रही थी कि बोलना असंभव था और हवा पानी में बड़े-बड़े भंवर उठा रही थी।

तूफ़ान लगभग उनके सिर पर था, पर अब किनारा दिखने लगा था। क्या उन्हें पाल नीचे करने चाहिए थे?

उन आदमियों ने बाबा को देखा पर उनका चेहरा कुछ और ही कह रहा था। मस्तूल और झुक गया था।

अब, पाल नीचे करो! बाबा ने आख़िरी क्षण में अपना आदेश दिया। बस थोड़ा सा समय और मिलता तो हवा मस्तूल को तोड़ कर, नाव पलट सकती थी।

उन लोगों ने झट से पाल को नीचे करने वाली रस्सी को मिल कर खींचा।

पर पाल नीचे नहीं आया।

कुछ गड़बड़ हो गई थी। मस्तूल पर बँधी गांठ ढीली नहीं हो रही थी।

लाला को लगा कि सबका अंत आ गया था। अब पाल रस्सियों के सहारे नहीं था और समंदर से आती हवा से फूल रहा था। नाव अपनी धार खो रही थी।

पतवार! पतवार। भगवान के लिए पाल नीचे करो। बाबा फिर से चिल्लाए और हवा की गर्जन के बीच भी उनकी आवाज़ सुनी जा सकती थी।

पर मस्तूल पर बँधी गांठ अब भी ढीली नहीं हुई थी और वे लोग घबराई हुई नज़रों से एक-दूसरे को देख रहे थे। आनंद हवा के ज़ोर से फिर लहरों के पास हो गया और उसमें पानी भरने लगा।

दरअसल वह गांठ इतनी ऊँची थी कि किसी भी नाविक का उस तक पहुँचना आसान नहीं था और हवा व पानी के मिले हुए वेग की वजह से, नाव ऐसे कोण पर आ गई थी कि मस्तूल पर चढ़ना तो दूर रहा, नाव पर बने रहना ही मुश्क़िल हो गया था। अगर कोई बंदर होता तो शायद ...

लाला अपनी जगह से उठा, उसने मस्तूल और उसके साथ फड़फड़ाते पाल को देखा और उस पर चढ़ने लगा। वह पहले कई बार ऐसा कर चुका था, जब मस्तूल सूखा होता था। पर अब ...

हवा उसे लगभग बहा ले गई पर लाला ने किसी तरह खुद को संभाला। उसने अपनी सारी ऊर्जा और फुर्ती बटोर ली। उसकी आंखें मस्तूल पर टिकी थीं और नीचे नाव बुरी तरह से लहरों से पछाड़ खा रही थी। ऐस लगता था कि पानी विशाल पंजे उन्हें अपनी पकड़ में लेने को तैयार था। पूरा आकाश घने अंधेरे से घिरा था। लाला रस्सियों के पास तक गया और अपनी बची हुई ताकत लगा कर उन्हें खींचने लगा।

गांठ ढीली हो गई। लाला को लगा कि उसका दिल धड़कना भूल गया था। उसने कर दिखाया था। पाल नीचे गिरा और उन लोगों ने खुशी से चिल्लाते हुए उसे उठा लिया।

"पतवार संभालो। पतवार संभालो सब।" बाबा ने भावुक स्वर में कहा।

यह आख़िरी भयंकर प्रयास होने वाला था। किनारा पास था पर अब सबसे मुश्किल क्षण आ गया था।

किनारे की लहरें बहुत ऊँची थीं। नाव को एक क्षण के लिए भी छोड़ा नहीं जा सकता था। बाबा किनारे पर किसी बुत की तरह खड़े थे, उनकी दाढ़ी हवा में लहरा रही थी। बाल बारिश से भीग गए थे और देह रस्सी सी तनी थी।

चप्पू चला रहे नाविक इस आख़िरी और अहम खेल में उनकी एक-एक बात पर अमल कर रहे थे, ऐसा खेल जिस पर उनका जीवन-मरण टिका था।

लाला थकावट से निढ़ाल हो कर, नाव के पिछले हिस्से में सिमट गया।

जब भी नाव लहरों के बीच से सिर उठा कर थोड़ा सा झाँकती तो लाला भी उस दौरान किनारा देख लेता। मन पर कितना बोझ आ गया था।

सारी औरतें झोंपड़ियों के पीछे बने ताड़ के पेड़ों तले जमा हो गई थीं। वे पेड़ों को थामे खड़ी थीं कि कहीं हवा से उड़ न जाएँ। वे वहीं रह कर, अपने आदमियों के वापिस आने का इंतज़ार करना चाहती थीं।

लाला को माया का ध्यान आया और लगा कि वह भी कई घंटों से वहीं होगी। *आनंद* पर उसके बाबा, चाचा और लाला मौजूद थे। उसे डर रहा होगा कि वे सब समंदर की भेंट चढ़ सकते थे।

लाला लगातार हाथ जोड़ कर प्रार्थना करता रहा, प्रार्थना करता रहा।

लहरें उसके सिर के ऊपर से निकल रही थीं, उसने चप्पू के कुंडों को कस कर पकड़े रखा। हवा की आवाज़ अब भयंकर गर्जन में बदल

चुकी थी। हर दिशा से पानी आ रहा था और वह साँस तक नहीं ले पा रहा था।

वह लगातार प्रार्थना करता रहा। प्रार्थना करता रहा। प्रार्थना करता रहा। सभी मर्द प्रार्थना कर रहे थे। सभी औरतें प्रार्थना कर रही थीं।

नाव ने पहली लहर पार की ... दूसरी लहर पार की और आख़िर में उसका सामना अब सबसे बड़ी लहर से था। ताड़ के पेड़ों के पास खड़ी औरतें लंबी रस्सियाँ लिए उनकी ओर दौड़ीं।

नाव किनारे के पास आ कर नीचे से इस तरह टूटी मानो कोई पुराना खिलौना टूट कर बिखरा हो। पर वह अपने मछुआरों को सही-सलामत वापिस ले आई थी।

लाला लुढ़ कर तट पर गिरा। दूसरे लोग भी पानी की छोटी भंवर के बीच थे। उन्होंने रस्सियों को पकड़ा और खुद को किनारे तक ले आए।

वे सब सुरक्षित थे। सब सही-सलामत लौट आए थे।

OOO

पंद्रहवां अध्याय

और इस तरह फिर से वह पल आ गया जब लाला को अपनी पोटली कंधे पर लाद कर अपनी क़िस्मत आज़माने निकलना था।

हाँ, **आनंद** *और उसका कप्तान सभी मछुआरों की जान बचाने में क़ामयाब रहा, पर किस क़ीमत पर!*

आनंद *पूरी तरह से बरबाद हो गया था। जब तूफान थमा तो उस मज़बूत नाव के टूटे हुए हिस्से समंदर किनारे पड़े थे। बाबा ने अपना दर्द, अपनी मायूसी किसी से नहीं बाँटे। इतने गर्व से समंदर की लहरों का सामना करने वाली मज़बूत नाव टुकड़ों में पड़ी हुई थी, उन्होंने संकल्प लिया था कि दूसरी आनंद इससे भी ख़ूबसूरत होगी।*

पर लाला जानता था कि हालात़ बहुत बुरे थे।

सारे जाल खो चुके थे। तूफान की वजह से सारी झोंपड़ियों की छतों और दीवारों को नुकसान हुआ था जिनमें बाबा और माया की

झोंपड़ी भी शामिल थे। इससे भी बदतर बात यह थी कि दो नावें अब तक वापिस नहीं आई थीं।

बाबा ने गाँव वालों को अपने पास बुलाया और उन्होंने मिल कर तय किया कि वे समंदर की भेंट चढ़ चुके मछुआरों की पत्नियों और बच्चों के लिए क्या कर सकते थे। कुल मिला कर, उन्होंने एक ही रात में वह सब कुछ खो दिया था, जो समंदर तब तक देता आया था।

लाला को लगा कि अब उसे भी जाना होगा। अब वह बाबा और माया पर बोझ बन कर नहीं रह सकता था, जिन्हें अपनी नई नाव को तैयार कर, समंदर में उतारने तक किसी तरह अपना पेट भरना था। और इस काम में लंबा समय लगने वाला था!

लाला को लगा कि मछुआरों की ज़िंदगी भी किसानों की ज़िंदगी से कितनी मिलती-जुलती थी।

कितनी मेहनत, और फिर कुदरत के एक ही झटके से आप पल भर में दोबारा वहीं आ जाते हैं, जहाँ से चले थे। लाला ने उस पगडंडी पर चलते हुए भी यही सोचा था जो दुनिया के एक कोने में बैठे उसके प्रियजन से दूर ले जा रही थी।

ख़ैर, इतनी परेशानियों और उतार-चढ़ाव के बाद भी लाला ने हार नहीं मानी थी, उसका हौसला बुलंद था।

वह उदास था। वह अपने प्यार, अपनी माया को छोड़ कर जा रहा था; उसे बाबा को छोड़ना पड़ रहा था जो उसके जीवन में माई और बाबू की कमी पूरी करते थे; और वे मछुआरे, जो उसे भाईयों की तरह चाहते थे। वह उदास था पर मायूस नहीं था।

'हर अंधेरी रात के बाद उजियाला दिन होता है।' उसकी माई ने रायपुर में उससे कहा था।

दक्षिण भारत से आए बाबा ने कहा था, 'जब एक दरवाज़ा बंद होता है तो एक नया दरवाज़ा खुलता है।'

और लाला जानता था कि यह सच था।

एक बार फिर से, मुसीबत उसे नए दरवाज़े पर ले आई थी। एक बार फिर से, बदक़िस्मती उसे आगे ले गई।

मछुआरों के साथ उसके जीवन को परिवार मिला, सुख मिला, माया का प्रेम मिला और एक खुशहाल व शांत माहौल मिला। पर नाव पर काम करने वाले उस लड़के पास इतना पैसा नहीं था कि वह उन गरीब मछुआरों की मदद कर पाता, या उस जगह इतना पैसा नहीं कमाया जा सकता था कि वह अपने बाबा को ज़मीन खरीदने का पैसा भेज पाता। लाला इस बात को खाली समय में याद करता था पर वे दिन इतने खुशहाल थे कि यह चिंता दिमाग में आते ही, झट से ओझल हो जाया करती।

फिर एक दिन तूफ़ान आया और जैसे सब कुछ पल भर में बिखर गया।

इस तरह, वह फिर से नंगे पैर एक और यात्रा पर निकल पड़ा। लाला जानता था कि उसे इस यात्रा के लिए भीतर से ताकत बटोरनी होगी। उसे यह करना ही होगा; उसे हमेशा-हमेशा के लिए कोई रास्ता खोजना होगा। और इस बार उसका मक़सद और भी बड़ा हो गया था; उसे न केवल गाँव में बाबू की मदद करनी थी बल्कि माया के पास भी वापिस जाना था, उससे शादी करनी थी और एक छोटी सी गृहस्थी संजोनी थी।

लाला उस छोटे से गाँव को छोड़ते हुए यही सोच रहा था।

उसका छोटा सा सिर गंजा था, जैसे एक साल पहले था। लाला

ने माया को ऐसा करने की इजाज़त दी थी, तब तक माई ही उसके सिर के बाल छांटती आई थी। उसके उभरे हुए कान एक बार फिर से दिखने लगे और माया उसे अक्सर चिढ़ाती। पर अब लाला साफ़-सुथरा हो कर अपनी यात्रा के लिए तैयार था, सिर पर छोटी सी पगड़ी फिर से विराज गई थी। पोटली में वही सामान था जो रायपुर से निकलते हुए रखा था, बस अब माया से मिले तोहफ़े शामिल हो गए थे - एक ऐसा शंख, जिसे कान पर लगा कर सुनने से समंदर की आवाज़ सुनाई देती थी - और बहुत सारी, गले में पहनने वाली मालाएँ।

लाला की पोटली में उन मालाओं का क्या काम था?

जब माया को समझ आया कि लाला सच में गाँव छोड़ कर जा रहा था, तो उसे लगा कि वह उसे इस तरह खाली हाथ नहीं भेज सकती थी। आवश्यकता आविशकार की जननी होती है। तब माया और लाला ने मिल कर तय किया वे अपने सीमित साधनों से कुछ करेंगे।

उनकी योजना सादी थी पर सफल हो सकती थी। लाला ने तय किया कि वह उस गाँव में जाएगा, जहाँ वह बाज़ार था। वहीं राजू व्यापारी रहता था, जो हर सप्ताह माया के गाँव से शंख और सीपियों से बनी मालाएँ मँगवाता था। वह उस संस्था का प्रमुख था जो थोक में माल उठाने के बाद, उसे फेरी लगाने वालों को आगे बेचने भेजती थी।

माया उस जगह का पता जानती थी। वह जगह समंदर तट से बहुत दूर थी, महा नगरी की सीमाओं के आसपास। वह सामान बेचने के लिए अच्छी जगह थी। लोग अक्सर उस जगह ताज़ी मछली लेने आते थे और बाकी सामान भी खरीदते। उस जगह कुछ होटल थे और हाल ही में कुछ झूले भी लगवाए गए थे। मछुआरों के गाँव से पैदल का रास्ता नहीं था। आगे जा कर एक नदी आती थी, पुल पार कर

बहुत सारे गाँवों और शहरों से निकलना होता था ... ख़ैर उम्मीद थी कि लाला उस जगह को खोज ही लेगा।

एक बार उस जगह जाने के बाद, लाला को किसी तरह उस व्यापारी से मिलना था और उसके आगे बहादुरी से यह प्रस्ताव रखना था कि उसे माल बेचने वाले की तरह काम पर रख ले। यह सच है, किसी ऐसे इंसान के लिए यह काम आसान नहीं था जो थोड़ी सी घबराहट होने पर हकलाने लगता था, पर माया को पूरा यकीन था कि लाला यह कमाल कर दिखाएगा।

हालांकि उनकी योजना में यही शामिल नहीं था। व्यापारी गाँव से एक बार में जितना माल मँगवाता था, लाला की पोटली में उससे कहीं ज़्यादा मालाएँ थीं। लाला उन मालाओं को अपने पास रखता और एक बार काम सीख लेने के बाद, उन्हें अलग से बेचता। यही उनकी असली योजना और उम्मीद थी : उन्हें अपना काम चालू करना था, किसी मालिक के भरोसे नहीं रहना था। यह तरीका काम आ सकता था।

'पता नहीं, मैंने अभी और क्या-क्या देखना है।' लाला हवा में नाक उठाए चलते हुए सोचता रहा।

जब लाला उस बड़े व्यापारी से किसी तरह मिला, तो उसे समझ आ गया कि उसे उसका नाम कैसे मिला होगा। वह बहुत ही मोटा आदमी था, हट्टा-कट्टा, लाला ने इससे पहले इतना मोटा आदमी नहीं देखा था। वह इतना मोटा था कि बैठ तक नहीं सकता था। वह लकड़ी की मज़बूत टाँगों वाले निवाड़ से बुने पलंग पर पसरा रहता था। वह कई तरह की घिरनियों और डोरियों की मदद से अपनी छत पर लगे विशाल पंखे को हिलाता रहता। तकियों की टेक लगा कर बैठे उस आदमी के सिरहाने मेज़ पर हुक्के की एक नली पड़ी रहती। उस बड़ी सी झोंपड़ी के बीच ही उसका दरबार सजता। वहीं से उसके फेरीवाले उसका माल

ले कर जाते। वहीं वे रोज़ रात को वापिस आ कर अपनी कमाई और बचे हुए माल के साथ वापिस आते।

उसके कुछ प्यादे, उसके सामने हर चीज़ की जांच करते, उसे पैसा देते और फेरीवालों को अगले दिन के लिए निर्देश दिए जाते। इस तरह उस बड़े व्यापारी, राज का एक दिन का काम पूरा होता।

जब लाला ने उसे देखा तो अपनी आँखों पर यकीन नहीं कर सका। उसने कभी इंसानी दरियाई घोड़ा नहीं देखा था। उसने सोचा, 'मैं अपनी हकलाहट तो रोक लूँगा पर इसकी शक्ल देख कर अपनी हँसी रोकना मुश्किल होगा।'

लाला ने किसी तरह खुद को काबू में किया। वह भीतर से उठती हँसी को रोकने के लिए सारी दुखदायी बातें याद करने लगा और शुक्र

है कि वह क़ामयाब रहा। जब उसकी बोलने की बारी आई, तो वह पूरी तरह से गंभीर था। उसने एक साँस में अपनी बात कह दी।

राजू ने सूअर जैसी आँखें उठा कर उसे देखा। मानो उसे नज़रों ही नज़रों में तौल रहा हो। फिर अपने मुँह से नली निकाले बिना ही सिर से अपने आदमी को इशारा किया।

पाँच मिनट बाद ही, लाला अपने सिर पर फलों की बड़ी सी टोकरी लिए झोंपड़ी से बाहर था और एक प्यादा उसे सब समझा रहा था : "तुमको रोज़ दो रुपए मिलेंगे। एक दर्जन आम तीन रुपए के हैं, एक दर्जन केले एक रुपए के हैं, पपीता पचास पैसे का है। अगर अच्छे दामों में सब बेच सके तो अच्छी बात है, दाम का वह फ़र्क तुम्हारा होगा। पर हमें ठगने की कोशिश की तो हमसे बुरा कोई नहीं होगा।" लाला को इन साफ़ दो टूक शब्दों के साथ नए काम में शामिल किया गया।

सूरज लगभग डूबने ही वाला था।

लाला पास वाले समंदर तट पर आ गया। उसे उस दिन का माल बेचने के लिए थोड़ा ज़ल्दी हाथ चलाने होंगे।

उसने जो नज़ारा देखा, उसे देख कर तो वह मंत्रमुग्ध सा हो गया। पूरा आकाश पतंगों से भरा था। बहुत सारे बच्चे अपने माता-पिता के साथ आए हुए थे। वे अपनी लंबी पूंछों वाली पतंगें लिए इधर-उधर भाग रहे थे। कुछ पतंगें आसमान में हवा से बातें कर रही थीं। लाला भी अक्सर अपने दोस्तों के साथ मिल कर पतंगें उड़ाया करता था।

सूरज ढलते ही झूलेवालों ने अपनी लाइटें जला दीं। लाला ने सिर पर टोकरी टिकाई और हाट की ओर चल दिया।

वह लोगों के बीच इधर-उधर रास्ता बनाते हुए अपना माल बेचने की कोशिश में था। खरीददारी करने आई औरतें भी अपनी ओर से मोल-भाव करने में कोई कमी नहीं छोड़ रही थीं।

मछलियों की दुकान पर लाला ने झट से माल पहचान लिया। वे मछलियाँ बाबा और उसके पड़ोसी गाँवों से ही आई हुई थीं। उनसे जिस दाम पर मछली ली जाती थी, यहाँ उससे दस गुना ज़्यादा दाम में बेची जा रही थी। उसे यह देख कर हैरानी नहीं हुई। रायपुर में उनकी फसलों के साथ भी तो यही होता था।

वह सिर पर टोकरी लिए भटकता रहा। उसने अपने जैसे कई दूसरे बच्चे देखे जो फल बेच रहे थे, और कुछ दूसरे होशियार बच्चों को शंख और सीपियों से बनी मालाओं को बेचने का काम दिया गया था।

वह बड़ी उमंग से निकला था पर पूरा दिन बीतने पर टोकरी का माल ज्यों का त्यों था। वह केवल तीन केले ही बेच सका, समंदर के किनारे दौड़ लगाता एक बच्चा भूखा था तो उसके पिता को उसे केले खिलाने ही पड़े।

लाला मायूस हो कर राजू के दरबार में लौटा।

"उन तीन केलों का शुक्र अदा कर।" राजू का प्यादा बोला।

उसने अपने हाथ से पगडंड़ी की ओर इशारा करते हुए कहा, "पहले ही दिन खाली हाथ वापिस आने वालों को उधर का रास्ता दिखा देते हैं। हमारे पास बरबाद करने के लिए समय नहीं है।" वह लगातार बोलता रहा हालांकि उसे खुद बच्चों को धमकाने के सिवा कुछ नहीं करना आता था। "कल पूरा दिन मन लगा कर काम करना।"

लाला ने पूरी कोशिश की। वह अगले दिन सुबह ज़ल्दी ही काम पर निकला और देर से वापिस आया। उसे पूरे बारह घंटों तक उसी जगह के आसपास, झूलों के बीच, भीड़ से भरी जगहों पर अपनी टोकरी लिए घूमता रहा और किसी तरह अपने सारे फल बेचने में क़ामयाब रहा। और फिर रोज़, हर रोज़ यही काम करने लगा।

फल बेचने वाली नौकरी पक्की हो गई थी पर काम बहुत ही सख़्त था। रात को उसके पैर सूज जाते और सिर में दर्द होने लगता। माल बेचने के बाद उसे जो मिलता, वह न के बराबर था। मालिक के दिए दामों पर ही फल मुश्किल से बिकते।

कई बार, उसने सीधी सी दिखने वाली बूढ़ी औरतों या फिर मोटे आदमियों के साथ अच्छी पोशाकों में घूम रही औरतों को देख कर थोड़े ज़्यादा दाम बोले। **भगवान ही बचाए ऐसी औरतों से!** उन्हें तो पहले से हर फल के दाम पता थे। और वे उसे देख कर हँस देतीं या फिर पीठ फिरा लेतीं, उन्हें इस बात पर घमंड होता था कि उन्होंने ज़्यादा दामों में फल बेचने वाले दुकानदार को रंगे हाथों पकड़ लिया था। अमीर दिखने वाले मर्द कहते, “तुम मुझे पागल नहीं बना सकते!” ऐसा लगता था मानो उन कुछ सिक्कों पर ही उनकी मान-मर्यादा टिकी थी।

लाला उन्हें बाजुएँ हिलाते हुए दामों पर झींकते देखता तो मन ही

मन में सोचता, 'काश तुम्हें पता होता कि मैं फलों के जो ज़रा से दाम बढ़ा कर बता रहा हूँ, मुझे बारह घंटों की मेहनत के बाद वही बचेगा। अगर तुम जानते कि सारा दिन भटकने के बाद रात को मेरे पैर कितने दुखते हैं तो तुम इन चंद सिक्कों के लिए मुझे इस तरह न सताते।'

ख़ैर सब कुछ इसी तरह चलता रहा। कुछ समय के लिए लाला ने खुद को तसल्ली दी कि माल बिकना ही बहुत था। हो सकता था कि समय बीतने के साथ उसे काम करने का और तजुर्बा हो जाता।

पर हालात नहीं बदले। लाला ने फल बेचने वाले की तरह आवाज़ लगाना भी सीख लिया था ताकि ग्राहकों को अपनी ओर खींच सके। वह अपने ग्राहकों को बेहतर समझने लगा था, उसे पता था कि कब हार मान लेनी है या कब आख़िर तक पीछे पड़े रहना है। माल ज़्यादा बिकने लगा, कम मेहनत में बिकने लगा पर ज़्यादा दामों में बेचने का सवाल ही नहीं पैदा होता था। उसके ग्राहक भी कोई कच्चे खिलाड़ी नहीं थे।

कई बार, जब वह सुबह ज़ल्दी निकलता और देर तक काम करता तो कोई दूसरा फल बेचने वाला बच्चा न होने की वजह से, वह किसी तरह चार पैसे फालतू कमा लेता। पर उसे कुत्तों की तरह काम करना पड़ता था।

इतना होने पर भी लाला ने हिम्मत नहीं हारी। वह अक्सर माया के बारे में सोचता जो पूरे विश्वास से गाँव में उसका इंतज़ार कर रही थी। वह रोज़ रात को सोने से पहले अपने कान्हा को याद करता, 'मेरे कृष्णा, मुझे छुट्टी दे दो, आपके आगे हाथ जोड़ता हूँ।'

और फिर अगले ही दिन वह फिर से गोल-गोल घूमने वाले झूलों की ओर, मछली बाज़ार की ओर फल बेचने निकल जाता।

ooo

सोलहवां अध्याय

एक दिन, हवा में भारीपन था, सूरज छिप गया और समंदर किनारे घूमने वाली भीड़ भी कम थी। लाला ने अपने सिर की टोकरी नीचे रखी और वहीं पड़े एक कागज़ को उठा कर अपने लिए पतंग बना ली।

वह बहुत सुंदर निकली। उसने किसी बच्चे के छूटे हुए मोमी रंग से पतंग पर मज़ाकिया सा चेहरा बना दिया। उसने दस पैसे में पतंग उड़ाने का मांजा खरीदा और समंदर के किनारे अपनी पतंग उड़ाने लगा।

वह पतंग ले कर भागा और इतना भागा कि उसने कभी सोचा तक नहीं था कि वह इतना दौड़ सकता था।

पतंग उसके पीछे-पीछे आसमान को छूती जा रही थी, वह शहरी बच्चों की पतंग से भी ऊपर जा रही थी। लाला के चेहरे पर थकान का नामोनिशान नहीं था। पहली ही रात से पतंग उड़ाने और समंदर किनारे भागने की इच्छा मन में दबी थी।

'आज मैं कुछ नहीं बेचूँगा। उसने उल्लास से हँसते हुए सोचा। और राजू, दरियाई घोड़े को उसके फल मुबारक।'

और वह तब तक भागता रहा, जब तक बुरी तरह से दम नहीं फूल गया। फिर वह वहीं गिर गया। उसने धीरे-धीरे मांजा लपेटा और पतंग को वहीं कोने में रख कर आकाश की ओर देखने लगा।

उसने बैलगाड़ी में भजन गुनगुनाते बूढ़े की आवाज़ को याद किया। फिर तो जैसे यादों का पिटारा ही खुल गया, उसके अंदर से भाव उमड़ने लगे।

उसे अपने गाँव की याद आई, माँ के हाथ का बना भोजन, खेतों में पिता के साथ काम करने के दिन, उस जगह के सभी रंग और गंध याद आने लगे। इतने लंबे समय तक उन यादों को दबा रखा था, आज जैसे एक बार फिर से सब सामने आ गया।

उसने सोचा कि वह अब भी बाबा के हाथों तैयार किए गए पान को सूंघ सकता था, वे इस तरह पान लगाते थे मानो कोई अनुष्ठान कर रहे हों। वे अक्सर कहते, 'ये जीवन के छोटे-छोटे सुख हैं।', फिर वे सिर के नीचे हाथ टिकाए लेट कर, पान गुलगुलाते हुए कहते, 'तुम ऐसे पलों का पूरा आनंद ले सकते हो क्योंकि इनसे किसी को नुकसान नहीं होता।' और फिर, हमेशा की तरह अपने मज़ाकिया स्वभाव के साथ, वे कड़ी मेहनत में जुट जाते।

लाला को अपने बाबा की सभी बातें याद आने लगीं। जो सुबह बिस्तर से उठने से ले कर रात देर तक काम में लगे रहते और बिना कुछ कहे ही उसे कितना कुछ सिखा दिया था।

लाला लोगों की भीड़ के बीच स्थिर नहीं लेट सका, उनकी बातचीत और आने-जाने से बाधा आ रही थी। उसने अपनी टोकरी उठाई और किनारे के साथ-साथ चलने लगा।

उसने अपने मन में प्रकाश को देखा, उसकी हँसी को सुना और फिर उसके शब्द सुनाई दिए, 'अपना हिम्मत कभी मत हारना।'

और फिर माया, उसकी छोटी सी माया। वह उससे दोबारा मिलने कभी नहीं गया। उसने खुद से वादा किया था कि मछुआरों की बस्ती में तभी जाएगा जब उसकी योजना काम करने लगेगी, जब आने वाले कल की झलक दिखने लगेगी। पर दिन और सप्ताह बीतते चले गए और लाला वहीं का वहीं था, सिर पर फलों की टोकरी उठाए घूम रहा था।

समंदर पर लगी उस दौड़ के बाद लाला थोड़ा संज़ीदा हो गया था, वह किनारे-किनारे चलता रहा और मन पर उदासी से भरे विचारों का बोझ ढोता रहा।

वह इतनी दूर निकल गया कि उसका गाँव भी पीछे छूट गया और गोल-गोल घूमने वाले झूले भी दिखाई देने बंद हो गए। जब वह अचानक भूख लगने से तंद्रा टूटी तो उसने मुड़ कर देखा। दूर-दूर तक वीरान समंदर तट के सिवा कुछ नहीं दिख रहा था।

वह ऐसी जगह था जो उसने पहले कभी नहीं देखी थी। उस जगह समंदर का किनारा और पेड़ ही दिखाई दे रहे थे। फिर उसे ईंटों से बनी ऊँची और लंबी सी दीवार दिखी, उसके पीछे से पेड़ों के झुरमुट झाँक रहे थे।

लाला एक पल को सहम सा गया पर फिर भूख के आगे सब भूल गया। समंदर खूबसूरत लग रहा था। वह वहीं उस नीले विस्तार के आगे बैठे-बैठे आधा दर्जन केले निगल गया।

उसने मुँह में केला ठूँसते हुए अपनी पीठ पीछे छिलका फेंका और सोचा, 'आज मैं उस मोटू को इन केलों के पैसे दे दूँगा। हाँ, और क्या!'

"अहम....अह-म।'

लाला ने खंखारने की आवाज़ सुनी तो पीछे मुड़ कर देखा। और जो दिखा, वह किसी सपने से कम तो नहीं था। एक लंबी सी सुंदर

युवती उसके सामने थी। लाला को उस पर अपनी नज़रें टिकाने में थोड़ा वक़्त लगा।

वह युवती दूध की तरह सफ़ेद थ। उसके बाल लाल और चमकीले थे, जैसे सूरज ढलने पर कुँओं किनारे रखे तांबे के घड़े जगमगाते थे, उसकी आँखें मानो आकाश के ही दो नीले टुकड़े रख दिए हों।

उसकी उस पवित्र सुंदरता के बीच बस एक ही चीज़ बदसूरत लग रही थी। उसके पैरों पर गिरे केले के छिलके, क्योंकि लाला को उसके आने का पता ही नहीं चला। हालांकि इसके बावजूद वह लाला को देख कर मुस्कुरा रही थी।

लाला, अपनी हैरानी से बाहर आया और बहुत लजाते हुए हौले से एक मुस्कान दी।

उस युवती ने अपना हाथ आगे किया। लाला उठ गया और एक केला उसे थमा दिया। युवती ने केला लिया और पूरे मन से खाने लगी।

लाला ने झट से दूसरा केला दे दिया। वह हँसी और हाथ से संकेत किया कि वह और नहीं खाना चाहती।

'इसे मेरी बोली नहीं आती।' लाला ने मन में सोचा।

उस युवती ने संकेतों में ही आम के दाम पूछे।

लाला ने हाथ की अंगुलियों से तीन का संकेत किया। 'तीन रुपए'।

उसने सोचा, 'ओह, शायद ये पूरे दर्जन खरीद ले।'

युवती ने इशारे से कहा कि वह सारे आम दे दे।

लाला ने बड़ी खुशी से आम बाँधते हुए सोचा कि वह एक केला उसकी ओर से होगा।

जब उसने आम पकड़ाए तो वह युवती अपने सिक्के गिनने लगी : दस ...बीस....तीस

"आप समझी नहीं! एक आम तीन रुपए का नहीं? तीन रुपए में सारे आम हैं।" लाला ने समझाया और फिर उसने तीन का संकेत करते हुए आम का बंडल दिखाया।

उस युवती की गिनती पूरी हो गई थी : पैंतीस ...छत्तीस।

उसने आम लिए, लाला के बाल सहलाए और छत्तीस रुपए उसकी टोकरी में रख दिए। फिर मुस्कुरा कर, समंदर तट की ओर इशार किया मानो कहना चाह रही हो कि लाला पैदल ही कितनी दूर तक आ गया था। उस युवती ने अपना हाथ हिला कर उसे समझाया कि वह ठीक पैसे ही दे रही थी। फिर उसने कहा, 'तुम यह सब रखो। तुम्हारे लिए ही हैं।'

फिर वह मुड़ी और दीवार में बने छोटे से गेट की ओर चल दी जो लाला को पहले नहीं दिखा था। उसने हाथ से हिलाया और दाएं हाथ की तर्जनी से गोला सा बनाते हुए पूछा, 'कल आओगे?'

लाला भौंचक्का खड़ा रहा। उसकी युवती की सुंदरता, कोमलता, छत्तीस रुपए, वह जगह.... मानो कोई सपना चल रहा था।

जबकि वह पूरी तरह से सच था। बिल्कुल सच। रुपए उसके सामने थे। उसने आज तक इतने रुपए एक साथ नहीं देखे थे। लाला ने हाथ उठाए और नमस्कार की मुद्रा में जोड़ दिए। 'कान्हा, तुम ही मेरी मदद कर रहे हो। तुम ही... तुम ही।' लाला टोकरी उठा कर उछल-कूद करते हुए नाचने लगा। उसके मन का सारा दुख जाता रहा और वह पहले की तरह प्रसन्न हो गया।

उस रात, वह पलक तक नहीं झपक सका। 'वह सच था। पूरी तरह से सच था। आज तक कोई फल बेचने वाला बच्चा उस ओर नहीं गया था, उस जगह वह सुंदर युवती रहती थी, जिसने लाला की मदद

की। यह तो साफ़ था कि उसे कोई ग़लती नहीं हुई थी। लाला ने अच्छी तरह बताया कि आम तीन रुपए के थे। उसने वे रुपए अपनी चटाई के नीचे रखे हुए थे और लेटे-लेटे खुद को समझा रहा था कि उस युवती ने सब समझने के बाद ही उसे वे रुपए दिए थे। वह बोली थी, 'इतनी दूर से आए तुम...।'

'कितने सारे रुपए, हे भगवान। लाला सोचने लगा। हे भगवान! माया, शायद हमारी योजना पूरी हो सकती है। ओह, माया, शायद कोई चमत्कार होने वाला है। कान्हा, मेरा साथ कभी मत छोड़ना।' और फिर उस युवती का आख़िरी संकेत। उसने कभी भी आने को कहा था। क्या वह सच में यही कहना चाह रही थी? लाला को तो यही लगा था पर उस युवती की बोली में क्या उस इशारे का यही मतलब था?

लाला सारी रात करवटें बदलता रहा और इसके सिवा कुछ नहीं सोच पा रहा था। उसे सुबह होने का इंतज़ार था। और फिर सूरज निकल ही आया।

लाला ने राजू की झोंपड़ी के पास बने नल से मुँह-हाथ धोया, जैसा वह रोज़ सुबह करता था। उसने नीम की दातुन से दांत साफ़ किए। अपना कुरता और निक्कर पहने जिन्हें वह हमेशा अपनी पोटली में रखता था। फिर अपनी टोकरी में फल भरे और चल दिया।

वह समंदर के किनारे पूरी तेज़ी से चल रहा था। बीच-बीच में मुड़ कर यह भी देख लेता कि कोई उसके पीछे तो नहीं आ रहा था। शुक्र है, उसके पीछे कोई नहीं आ रहा था।

लाला ने उस दिन टोकरी में ज़्यादा फल भरे थे ताकि वह युवती अपने लिए फल चुन सके, हो सकता है कि दोबारा कुछ चाहिए हो पर उसे टोकरी भारी नहीं लग रही थी।

अचानक ही उसे दूर से पेड़, लंबी दीवार और गेट दिखाई देने लगे। सब कुछ वहीं का वहीं था।

लाला का कलेजा मुँह को आ गया। 'अगर वह बाहर नहीं आई? क्या आज कुछ नहीं होगा?'

उसे लगा कि वह खड़े हो कर इंतज़ार नहीं कर सकता था। उसकी सारी उम्मीदें और सपने एक ही बात पर टिके थे कि क्या वह गेट खुला था, क्या वह युवती बाहर आएगी?

लाला को हल्का होने का मन किया। वह भाग कर एक पेड़ के पीछे चला गया।

उसे लगा कि वह बहुत ज़ल्दी आ गया था। किसी तरह समय तो काटना ही था। तभी उसे टोकरी में नीचे रखी पतंग की याद आई जो उसने कल रखी थी।

उसने मांजा खोला तो पतंग उसके पीछे उड़ने लगी। फिर उसने मांजे की चरखी सिर के ऊपर करके पकड़ ली और मुड़ कर देखा तो पतंग पर बना बचकाना सा चेहरा हिलते हुए कांप रहा था, पतंग आसमान में हवा से बातें करने लगी थी।

अचानक ही लाला को रतजगा याद आया और उसे लगा कि दस मिनट की झपकी ले लेनी चाहिए। 'बस इतना ही ठीक रहेगा। यह न हो कि वह आ कर वापिस चल जाए। बस दस मिनट....।' वह टोकरी पर सिर रख कर लेट और कुछ ही पलों में गहरी नींद सो गया।

"अहम....अह-म।'

लाला ने खंखारने की आवाज़ सुनी तो अचानक जाग गया। वह वहीं थी। वह ठीक उसके सामने खड़ी थी।

लाला के चेहरे पर बड़ी सी मुस्कान खेल गई।

वह भी मुस्कुराई और फिर हँस दी। उसने लाला को साथ आने का इशारा किया। लाला उसके पास चला गया। उसने लाला के बाल सहलाए और एक पल के लिए उसे एक पल के लिए गले से लगा लिया।

लाला हैरान था। वह युवती वहीं धरती पर बैठी और लाला को पास बैठने को कहा। लाला उसके पास बैठ गया पर उसकी ओर देख नहीं पा रहा था।

युवती ने अपनी ओर इशारा करके कहा, "एलिसा।" फिर उसने लाला की ओर इशारा करके सवालिया निगाहों से देखा।

"लाला...." उसने ज़वाब दिया।

इस तरह वे आपस में बड़ी देर बातें करते रहे। सादे से प्रश्नों के सादे से उत्तर। वे अपनी भूलों और ग़लतफ़हमियों पर हँसते रहे, आपस में मिली जानकारी पर खुश होते रहे।

फिर उस युवती ने हाथ की काल्पनिक घड़ी की ओर इशारा किया और आकाश में दिखते सूरज को देखा। वह अपना हाथ मुँह के पास ले गई मानो खाने के बारे में पूछ रही हो। लाला समझ गया कि उसे वापिस जाना था क्योंकि कोई खाने के लिए उसका इंतज़ार कर रहा था।

एक पल के लिए लाला को लगा कि वह फलों के बारे में भूल गई। उसमें यह बात कहने का साहस नहीं था पर एलिसा ने उठने से पहले टोकरी की ओर संकेत किया मानो कह रही हो, 'मुझे दिखाओ।'

लाला अपनी ओर से पूरी मेहनत कर चुका था : सेब, छोटे पर सुंदर, केलों के गुच्छे, आख़िरी आम और पहले सीताफल

एलिसा ने इशारे से बताया कि उसे सामान पसंद आया! फिर उसने बताया कि वह क्या-क्या लेना चाहती थी : ये! केलों का पहला गुच्छा। सारे आम।' फिर एक पल हिचकने के बाद : सीता-फल! ... और सेब भी तो...सारे सेब भी दे दो!'

एलिसा को सेबों के नीचे से पतंग दिखाई दी। उसने सवालिया निगाहों से देखा। लाला ने आकाश की ओर संकेत किया। एलिसा मुस्कुराई, वह समझ गई थी। उसने इशारे में कहा कि लाला पतंग उड़ा कर दिखाए।

लाला तो इसी इंतज़ार में था। वह हाथ में चरखी लिए खुशी-खुशी भागने लगा।

पतंग ने भी पूरा साथ दिया। कुछ ही पल में वह आकाश से बातें करने लगी। लाला समंदर तट के दूसरे किनारे तक भागता गया, उसकी सुंदर पतंग पीछे-पीछे चल रही थी।

जब लाला वापिस आई तो एलिसा गेट पर थी। उसने हाथों से ताली बजाई।

लाला हांफने लगा। हाँ, एलिसा हाथ के इशारे से कल फिर आने को कह रही थी।

'शुक्र है भगवान!' लाला ने सोचा।

टोकरी में छह केलों के नीचे इतने सारे रुपए रखे थे जितने लाला ने पूरी ज़िंदगी में नहीं देखे थे।

और फिर अगले दिन ऐसा ही हुआ, उससे भी अगले दिन यही हुआ।

लाला ने तय किया कि वह पैसे नहीं गिनेगा। वे तो बहुत सारे नोट थे। उसमें सोचने की भी हिम्मत नहीं थी। वह हिसाब-किताब लगाना ही नहीं चाहता था। कोई योजना नहीं बनाना चाहता था। सब कुछ ऐसे ही चलते रहने देना चाहता था। उसे लगता था कि कहीं उसकी मुलाकातों का जादू न टूट जाए।

चौथे दिन, एलिसा उसके लिए धौंकनी का बना छोटा सा वाद्य यंत्र ऑकारिना लाई थी। उसके बहुत सारे छेदों से हवा निकलती थी और उसके छेदों को अंगुलियों से दबा कर धुनें निकाली जा सकती थी। उसने कहा, "तुम्हारे लिए।"

लाला को समझ नहीं आया कि धन्यवाद कैसे दे।

एलिसा बहुत अच्छी तरह ऑकारिना बजाती थी। उसने कुछ देर में वह ऑकारिना लाला को सौंप दिया।

गाँव में माई ने लाला को थोड़ी-बहुत बांसुरी बजानी सिखाई थी। एलिसा बहुत धीरज वाली थी। थोड़ी ही देर में उसने लाला को एक धुन सिखा दी।

तीरी रे तीरी तुरु तुरु ती ती ती ता ता

तीरी रे तीरी तुरु तुरु ती ती ती ता ता

फिर सूरज का ताप बढ़ने लगा। वही हुआ जो हमेशा होता था। उसने फल लिए और झट से गेट की ओर चल दी। फिर उसने मुड़ कर लाला को पास बुलाया।

लाला उसके पास भागा गया।

एलिसा ने उससे इशारे से पूछा कि क्या वह उसके लिए कुछ और ला सकता था।

लाला ने हिचकते हुए पूछा, 'मालाएँ।'

मालाएँ! एलिसा ने झट से हामी भर दी। फिर उसने बुरी ख़बर सुनाई : उसने उसने अपनी अंगुलियों के संकेत से बताया कि वह अगले दिन के बाद, दूर.... बहुत दूर... वापिस अपने देश चली जाएगी।

लाला देर तक उसे देखता रहा। काली और नीली, दोनों जोड़ी आंखों में नमी थी।

एलिसा ने लाला का सिर अपने साथ सटा लिया। लाला को लगा कि वह सुंदर युवती सच में उसे चाहती थी और काश वह उसे फलों की बड़ी सी टोकरी में छिपा कर अपने साथ ले जा पाती।

अगला दिन बहुत सुंदर पर उदास थ। लाला ने अपनी पहली सारी मालाएँ बेचीं, इसके साथ ही सारे फल भी बिके। उसे एलिसा ने इतने रुपए दिए जितने उसने कभी नहीं देखे थे। वे सब उसकी टोकरी में छिपे बैठे रहे और उसके बाद उन दोनों ने विदा लीं।

जाने से पहले, लाला ने एलिसा को अपनी पतंग उपहार में दी। वह मुड़ गया ताकि एलिसा उसे बच्चों की तरह रोते हुए न देख सके। जब उसने किसी तरह हिम्मत बटोर कर मुड़ कर देखा तो गेट बंद था और सब कुछ पहले दिन की तरह शांत और स्थिर हो गया था।

OOO

सत्रहवां अध्याय

1306 रुपए

लाला उन्हें कम से कम सौ बार गिन चुका था। एक एक रुपए का नोट; एक पाँच रुपए का नोट; तीस दस रुपए के नोट; दस पचास रुपए के नोट; पाँच सौ के नोट।

रात को, जब कोई उसे देख नहीं रहा होता था, तो लाला एक चटाई पर बैठ कर अपने नन्हे से ख़ज़ाने को फैला देता। वह उन नोटों को कई-कई बार देख चुका था। उसने अपने पूरे जीवन में इससे पहले कभी पचास या सौ के नोट को हाथ नहीं लगाया था। उसने वे नोट हमेशा अपने मालिकों की जेब में देखे जो बटुए में से उसे उसके वेतन के एक या दो नोट सावधानी से निकाल कर दिया करते।

तो लाला ने पहले उन्हें ध्यान से देखा, फिर उन्हें हाथ से सीधा करते हुए कई हिस्सों में बाँट दिया। फिर उसने उनके लिए एक अलग चोर बटुआ सा बनाया। यह एक कपड़े की बनी लंबी गुत्थी सी थी।

उसने अपने ख़ज़ाने को उसके अंदर रखा और अपनी कमर पर पट्टी की तरह बाँध दिया। वह सब चौड़े कुरते के नीचे छिपा था ताकि कोई देख न सके।

जब उसने अपने ख़ज़ाने को सुरक्षित कर दिया, उसके बाद सबसे कठिन हिस्सा सामने आया। वह स्वर्ग से मिले उस उपहार का क्या करे? लाल ने अगली कुछ रातों तक बहुत उत्साहित हो कर इस बारे में विचार किया। वह अपने घर पैसे भेज सकता था। पर वे ज़मीन ख़रीदने के लिए बहुत नहीं थे और यह भी नहीं पता था कि इतने पैसे दोबारा कब मिलेंगे। वह माया के पास जा कर उसके परिवार की मदद कर सकता था। उसकी नाव बनाने में मदद करता, कारीगर बढ़ई बुलवाता और ज़ल्दी से नए जाल खरीदवा देता। पर फि सब कुछ पहले जैसा हो जाता और उसे अच्छा पैसा कमाने के लिए किसी करिश्मे के घटने का इंतज़ार करना पड़ता।

नहीं, करिश्मा तो पहले ही हो चुका था। कृष्ण ने कृष्ण उस लाल बालों वाली युवती के माध्यम से, उसे एक संकेत दिया था, एक अवसर पैदा किया था। और लाला जानता था कि उसे इसे व्यर्थ नहीं करना चाहिए क्योंकि वह मौका दोबारा हाथ नहीं आने वाला था। उसे अपनी योजना के अनुसार ही चलना था। उसे अपना सब कुछ दांव पर लगाना ही होगा। उसे राजू पर निर्भरता छोड़ कर अपना मालिक आप ही बनना होगा, वह भयंकर मोटू जो हर किसी को अपने बस में रखता था।

एक बार यह फ़ैसला लेने के बाद, लाला बेहिचक कारवाई करने में जुट गया।

उसका मक्सद पूरी तरह से तय था : जादुई पत्थर।

जादुई पत्थर ही ऐसी चीज़ थे कि अच्छे-खासे खाते-पीते घरों से आए लोग भी समंदर के किनारे घूमते हुए उनके आकर्शाण से बच नहीं पाते थे। वे पत्थर दिखने में बाकी पत्थरों की तरह, अलग-अलग

आकार और आकृति में होते पर असाधारण बात यह थी कि वे हल्का सा छूते ही खुल जाते और उनके भीतर छिपे रत्न की चमक सामने आ जाती।

पहली बार लाला ने उन्हें देखा तो उसे अपनी आंखों पर यकीन नहीं आया था। बाहरी तौर पर, तेज़ निगाह भी उसकी सतह की दरार को भेद नहीं सकती थी। फिर हाथ की छोटी सी हलचल - तड़ाक- और एक छोटी सी जादुई दुनिया आंखों के आगे आ जाती। एक चमकदार और रहस्यमयी दुनिया, जो धरती के नीचे छिपे रहस्यों की कहानी सुनाती थी। वह धरती जो रत्नों से भरी थी, कुदरत के अजूबों से भरी थी - उन छोटे क्रिस्टलों से वही कहानी जगमगा उठती।

बच्चे और बड़े; सभी उन्हें देख कर मंत्रमुग्ध हो उठते।

राजू की संस्था को वह माल कभी-कभार ही मिल पाता था। वे अपने-आप में दुर्लभ थे। और वे अपने आसपास एक विचित्र सी रहस्यमयता लिए हुए थे।

लाला ने देखा था कि जब उन्हें लाने वाले लोग राजू से मिलने आते तो राजू सबको कमरे से बाहर जाने को बोल देता। वह प्यादों के मुखिया को भी अंदर नहीं टिकने देता था। वह अकेला ही उस रहस्यमयी व्यापारी यात्री के साथ मोल-तोल करता।

लाला ने एक कड़ा निर्णय लिया। उसे किसी तरह उन कीमती वस्तुओं को बाज़ार में लाना था। कृष्ण का उपहार, एलिसा का उपहार, 1306 रूपए। उन्हें किसी तरह जादुई पत्थरों में बदलना था। पर वह उन्हें कैसे पा सकता था? काम आसान तो नहीं था पर इस वजह से लाला का हौसला नहीं टूटा।

उसने हर रोज़ की तरह मछली हाट में अपने फल बेचने जारी रखे। बाही तौर पर वह हमेशा की तरह मायूस और थका-मांदा लगता था पर भीतर से वह किसी वीणा की तार सा तना हुआ था। वह उस रहस्यमयी यात्री के आने की प्रतीक्षा में था।

आख़िरकार, एक रात, जब वह हमेशा की तरह राजू की झोंपड़ी की निगरानी कर रहा था, तो उसने वही हलचल देखी जो उस रहस्यमयी यात्री के आने पर अक्सर हो जाती थी। सब लोग राजू के कमरे से एक-एक कर बाहर आ रहे थे, फिर राजू ने अंदर से दरवाज़ा बंद कर लिया।

लाला झट से हरकत में आ गया। क़िस्मत से वह अमावस की रात थी। वह झोंपड़ी के आगे बने पेड़ पर किसी बिल्ली की तरह रेंग गया। फिर उसने बंदर की तरह उस शाखा पर छलांग लगा दी राजू के कमरे की खिड़की के ठीक आगे पड़ती थी। बढ़िया! उस जगह से, सावधानीपूर्वक झुकने के बाद, वह आसानी से अंदर चलने वाली बात देख और सुन सकता था। लाला ने बिना आवाज़ के अपनी टांगों से शाखा को जकड़ लिया और जितना हो सकता था, खिड़की की ओर झुक गया। दो लोग अपना काम चालू कर चुके थे।

मुसाफ़िर ने अपने साथ लाया सामान खोल कर कई छोटे थैले निकाल लिए थे। वह उन्हें एक-एक कर खोलने लगा। हर थैले में

अलग-अलग क़िस्म के जादुई पत्थर रखे थे। वह आदमी सामान खोल कर राजू को दिखाता जा रहा था। राजू अपने सिर से इशारा करता कि वे पत्थर उसे लेने था या नहीं, इस तरह उसके पास दो बड़े थैले भर गए।

लाला ने आगे की कारवाई देखने लिए दम साध लिया। एक छोटी सी हलचल से भी उसके पेड़ पर होने का पता चल सकता था। राजू के आदमी झोंपड़ी के आसपास ही थे और अगर वह आधी रात को चमगादड़ की तरह पेड़ पर लटकते हुए पकड़ा जाता तो उसके लिए कोई बहाना बनाना भी मुश्किल होता।

सामान देखने-दिखाने का सिलसिला ज़्यादा देर नहीं चला। इसके बाद सौदेबाजी होने लगी। लाला ने उनकी बात सुनने की बहुत कोशिश की पर पूरे कान उस ओर लगाने के बाद भी कुछ टूटा-फूटा ही पल्ले पड़ा। हालांकि एक शब्द बार-बार सुनने में आ रहा था, वह आदमी अपने बाजू लहराते हुए अपनी लंबी यात्रा के बारे में बता रहा था। वह एक गाँव का नाम बार-बार ले रहा था - अलीपुर।

लाला ने किसी तरह पता लगा लिया कि वह रेलगाड़ी और घोड़े की सवारी करने के बाद राजू तक पहुँचा था। इसका मतलब था कि जादुई पत्थरों वाला गाँव कहीं दूर एकांत में था।

जब उस आदमी ने अपने सफ़र की परेशानियाँ सुनाना बंद किया तो राजू ने अपना चेहरा उठाया। जो अब तक लगातार हुक्का पीते हुए अपने सिर पर लगा पंखा झुला रहा था। लाला उसकी सूअर जैसी आंखें देखते ही शाखा पर बिल्कुल पीछे हो गया।

उस रात गाँव में कोई हलचल नहीं थी। शाखा धीरे से चरमराई, लाला का खून वहीं जम गया। शुक्र है कि कोई बाहर नहीं आया।

इस दौरान, राजू अपनी जेब से नोटों का बंडल निकाल चुका था जो देखने में काफी बड़ा था। लाला का अपने कीमती ख़ज़ाने की याद आ गई, वह सोचने लगा कि वह उन पैसों के आगे कितना छोटा था।

पर इससे क्या फ़र्क पड़ता था। शुरुआत बड़ी बात थी। वह उस घिनौने मोटू जैसा नहीं बनना चाहता था, जिसे पैसा जमा करने और लोगों का खून चूसने के सिवा कुछ नहीं आता था। वह यह सब एक ही मक़सद से कर रहा था : वह चाहता था कि वह और उसका परिवार एक ईमानदार और शांत जीवन जी सके। लाला को वह समय याद आया, जब बाबू ने उसे दीवाली पर लट्टू ले कर दिया था, वह उस दिन कितना खुश था, क्यों न होता? जीवन में कभी-कभी गैरज़रूरी चीज़ों का सुख भी मिलना चाहिए। जब वह राजू की झोंपड़ी के बाहर शाखा से नीचे उतर रहा था तो ये सब बातें अचानक उसके दिमाग में कौंध गईं।

इस दौरान पैसे दिए जा चुके थे। लाला उतरने ही वाला था कि उसकी नज़र दोबारा अंदर गई। उसा आदमी ने कुरते की चोर जेब से एक थैली निकाली और मेज़ पर चमचम करते पत्थरों का ढेर लगा दिया। मोटू आतिशी शीशा ले कर उन चमकते पत्थरों की जांच करने लगा।

लाला वह देख कर समझ गया था। जादुई पत्थर ज़रूरी थे पर वे तो इन कीमती रत्नों के धंधे की आड़ भर थे। यही इस सारी रहस्यमयता की वजह था। लाला को एहसास हुआ कि उसने बहुत कुछ देख लिया था, बहुत हद देख लिया था और उसके लिए ज़ल्दी से नीचे उतरना ही बेहतर था।

वह चुपके से उसी तरह नीचे उतर आया जैसे पेड़ पर चढ़ा था। वह अपनी चटाई पर पहुँचा और पोटली समेट ली। उसने अपना कुरता लपेटा, चोर गुत्थी अपनी जगह पर थी। सब तैयार था। दूसरे मौकों की तरह, इधर भी लाला जानता था कि उसे कितनी तेज़ी दिखानी होगी। वह उस सन्नाटे के बीच बैठा रहा।

जैसे ही जादुई पत्थरों का व्यापारी राजू की झोंपड़ी से निकल कर सड़क की ओर चला। लाला ने चुपके से पोटली ली, पगड़ी सही करने

के लिए सिर को टहोका दिया और साए की तरह उसका पीछा करने लगा।

वह आदमी कुछ ज़ल्दी में दिखा। ज्यों ही वह सड़क पर आया, उसने भारी कोलाहल से भरी सड़क पर हाथ दे कर एक तिपहिया वाहन को रोक लिया। उस जगह अब भी ज़बरदस्त भीड़ और शोरशराबा था। वह भीतर बैठा और कहीं चलने को बोला। लाला ने किसी तरह दूसरा तिपहिया वाहन रोका और उसमें सवार हो गया।

एक अजीब सी निडर दौड़ चालू हो चुकी थी। पहला तिपहिया वाहन तीर की तरह रात की भीड़ में चलता जा रहा था। लाला किसी तरह एक हाथ से पगड़ी को गिरने से संभाले हुए था और दूसरे हाथ से गाड़ी का छोटा दरवाज़ा पकड़े हुए था ताकि हर मोड़ पर टकराने से बच सके।

उसका चालक भी उत्साहित हो गया था। ज्यों ही कोई गाय बाल-बाल बचती, वह दो बसों के बीच से वाहन निकालता, बेचारे पैदल यात्रियों को फुटपाथ की ओर धकेलता तो तेज़ी से ठहाका लगाते हुए, लाला को अपने शीशे में से झाँकता। वह चाहता था कि लाला उसकी तारीफ़ करे। तारीफ़! लाला की तो जान के लाले पड़े हुए थे।

'मूर्ख कहीं के! आगे देख।' वह अपने मन में केवल इतना ही कह पाया। पर उसे किसी तरह गुजारा तो चलाना ही था। उसे उस समय चालक की ज़रूरत थी।

आख़िरकार पहली गाड़ी रेलवे स्टेशन जा कर ठहरी। लाला ने अपने चालक को पैसे दिए और झट से व्यापारी का पीछा करने लगा।

यह सबसे कठिन क्षण था। स्टेशन पर बहुत भीड़ थी। अगर उस समय आदमी ओझल हो जाता तो उसे खोजना मुश्किल था। भारत में कोई एक अलीपुर नहीं था। उत्तर, दक्षिण और पश्चिम... सब जगह।

पर क़िस्मत ने लाला का साथ दिया। उसने चलने को तैयार गाड़ी में सवार हो रहे अपने आदमी को पहचान लिया।

'अब तू बच कर कहीं नहीं जा सकता।' उसने मन में कहा और उसने चलती गाड़ी का आख़िरी डिब्बा पकड़ लिया।

पत्थरों का व्यापारी एक शहर के व्यस्त स्टेशन पर उतरा। लाला उसके ठीक पीछे था। लाला तब भी उसके पीछे था जब वह पहाड़ी इलाके में जाने वाली छोटी गाड़ी पर सवार हुआ। वह आदमी अपनी ही सोच में इतना खोया था कि उसे एहसास ही नहीं हुआ कि एक नन्हा साया उसका पीछा कर रहा था।

जब वह गाड़ी से उतर कर बड़े से गाँव में आया तो लाला उसके ठीक पीछे ही था। उस आदमी ने गाँव के बाहर लगी हाट में कदम रखा।

'गधे और खच्चर?' लाला ने सोचा।

खच्चर! असल में वह कोई हाट नहीं। उस जगह जादुई पत्थरों वाले गाँव तक ले जाने वाले खच्चर खड़े थे। वे सब पहाड़ी खच्चर थे।

वह बड़ा और भारी आदमी बड़ी मेहनत से छोटे खच्चर पर सवार हुआ। उसके पैर ज़मीन को लगभग छू रहे थे। खच्चर और उसका मालिक साथ ही खड़े थे। जिसने उसने कस कर लगाम पकड़ रखी थी। उसके बाद वे तीनों पहाड़ी रास्ते की ओर चल दिए।

लाला ने दूर से यह सब देख लिया था। उसने सोचा, 'अब मुझे यहीं रुक जाना चाहिए। इस जगह से उसका पास से पीछा नहीं हो सकता। वैसे भी, मुझे वह पता चल ही गया है जो मुझे जानना था।'

उसने एक अच्छा सा पेड़ देख कर अपनी पोटली से गमछा निकाला और थोड़ा आराम करने की मंशा से लेट गया। वह आने वाले दिन के इंतज़ार में था। जो शायद उसके जीवन का एक महत्त्वपूर्ण दिन होने वाला था।

OOO

आठारहवां अध्याय

लाला ने गहरी लंबी नींद ली। ऐसी नींद जिसमें कोई सपना नहीं आया।

वह अगली सुबह किसी पक्षी के चहचहाने पर जगा, जैसे अपनी लंबी यात्रा के पहले दिन जागा था। पर अब वह जानता था कि वह अपने रोमांच के अंतिम चरण में था। या तो वह सफल होने वाला था या फिर ....।

वह इस बारे में सोच तक नहीं सकता था। उसे किसी भी हाल में सफल होना ही था।

वह खच्चर की ओर बढ़ा। उसने अपने लिए सबसे छोटा खच्चर चुना, उसे संभालने वाला चालक भी उसकी तरह ही छोटा सा था, उसके जितना बच्चा।

उनके बीच अलीपुर जाने के लिए पैसे तय करते हुए थोड़ी बहस हुई। लाला थोड़ी बचत करना चाहता था। वह बच्चा अडोल रहा। दस

रुपए कम नहीं थे, पर रास्ता लंबा था। खच्चर के मालिक सुरेश ने उसे समझाया कि रास्ता कितना लंबा और खराब था।

"तुम खुद ही देख लोगे ...।" जब उसने हैरानी से कहा तो लाला ने चलने को हामी भर दी।

लाला को ज़ल्द ही एहसास हो गया कि सुरेश क्या कहना चाहता था और खच्चर की ज़रूरत क्यों थी। पहले चौड़े और कम चढ़ाई वाले इलाके के बाद, धीरे-धीरे सड़क की चढ़ाई खड़ी होने लगी। रास्ता संकरा और पथरीला हो गया था। और इससे भी बदतर यह रहा कि एक ओर चट्टान व दूसरी ओर गहरी खाई थी। वे जितना ऊपर जा रहे थे, रास्ता उतना ही तंग और संकरा होता जा रहा था।

पहले तो लाला ने यही तय किया उसे खाई की ओर देखना ही नहीं है। खच्चर बड़े ही भरोसे से जमा-जमा कर पैर रख रहा था, वह जानता था कि उसे अपना पैर कैसे रखना है पर उसके साथ लगाम पकड़ कर चलने वाला सुरेश उस भयंकर खाई के छोर पर चल रहा था।

लाला यह सहन नहीं कर सका। "सुरेश, तुम भी मेरे साथ बैठ जाओ।"

"पर मुझे तो ऐसे चलने की आदत है।"

"मुझे नहीं है। तुम मुझे डरा रहे हो। मेहरबानी करके मेरे साथ बैठो।" लाला ने आग्रह किया। "मेरे पास एक पोटली ही तो है। खच्चर हम दोनों का बोझ उठा लेगा।"

सुरेश ने हार मान ली। वे दोनों खच्चर पर सवार हो कर धीरे-ध ीरे आगे चले। सुरेश अपने खच्चर से बातें कर रहा था और लाला दम साधे बैठा था।

जब वे आगे बढ़े तो लाला की चिंता और बढ़ती गई। अलीपुर आने वाला था, ख़दान का गाँव, जादुई पत्थरों का गाँव।

'उनका धंधा जिस तरह गोलमाल है, क्या वे चाहेंगे कि मैं उन्हें अपना माल बेचूँ? क्या वे मेरी बात सुनेंगे?' लाला ने परेशान होते हुए सोचा। उसने खुद को दिलासा देना चाहा, 'मुझे हर हाल में क़ामयाब होना ही होगा और मैं सबसे सुंदर पत्थर चुनना चाहूँगा। मैं चाहता हूँ कि जब मैं उन्हें खोलूँ तो उनकी सुंदरता देख कर मेरे ग्राहकों की आँखें खुली की खुली रह जाएँ। मैं चाहता हूँ कि बच्चों के चेहरे पर हैरानी और खुशी दिखाई दे। पर कौन जाने वे लोग मुझे माल बेचेंगे भी या नहीं?

वे अलीपुर के जितना पास आ रहे थे, लाला का दिल उतनी तेज़ी से धड़क रहा था। वह बार-बार खुद से कहता, 'संभालो अपने-आप को या वरना कभी यह काम नहीं कर सकोगे। अगर अपने मोल-तोल के बीच ही हकलाने लगे तो जादुई पत्थरों को हमेशा के लिए अलविदा कहना होगा।'

लाला ने हमेशा की तरह जीवन की कठिन घड़ी में कान्हा को याद किया और उसका हाथ अपने गले पर चला गया। उसने कान्हा की मूर्ति को सहलाया और उसके साथ ही एलिसा का दिया ऑकारिना भी गले में लटका था। लाला उसे मुँह के पास लाया और वह इकलौती धुन बजाने लगा जो उसे आती थी :

तीरी रे तीरी तुरु तुरु ती ती ती ता ता

तीरी रे तीरी तुरु तुरु ती ती ती ता ता

सुरेश को बड़ा मज़ा आया। उसने लाला से दोबारा बजाने को कहा। लाला ने अपने ओकारिना पर सुर साधा और बिना किसी परेशानी के अपनी धुन बजाते हुए गाँव में प्रवेश किया।

उसे इसी तरह खुद को शांत दिखाना था। एक बदसूरत से ठग ने पूछा।

"कौन हो तुम?"

"मैं लाला हूँ।"

"और किसने भेजा है?"

राजू ने भेजा है। लाला झट से बोला।

"मेरे साथ आओ।"

लाला ने सुरेश को देखा, जो धीरे से बोला

"मेरी दुआएँ तुम्हारे साथ।"

लाला खच्चर से उतर कर ठग के पीछे चल दिया। यही तो परीक्षा थी। लाला को अपना पूरा आत्मविश्वास दिखाना था।

ठग उसे लोगों के एक दल के पास ले गया और एक आंख वाले आदमी की ओर इशारा किया, जो सच में बहुत डरावना लग रहा था।

"तो तुम दावा कर रहे हो कि तुम्हें राजू ने भेजा है!" उस आदमी ने पूछा।

"जी।" लाला ने पूरे आत्मविश्वास से कहा।

"पत्थर खरीदने के लिए।"

"जी, पत्थर खरीदने के लिए।"

"पर हमारा आदमी तो कल वहीं से लौटा है। राजू तभी किसी को भेजता है, जब हमारा आदमी नहीं जा पाता।"

"राजू को लगा कि माल कम था। इस समय माँग बहुत ज़्यादा है।" लाला ने किसी तरह अपनी टेक बनाए रखी।

"खूब! देखते हैं कि राजू ने तुम पर भरोसा करके अच्छा किया या नहीं?"

लाला ने दो बार थूक निगला। फिर उसने आदमी का दिया थैला लिया और वहीं ज़मीन पर उसे खोल कर बैठ गया।

उसे थोड़ा अनुभव तो हो ही गया था। समंदर के किनारे बड़े दोस्तों ने कई बार उसे जादुई पत्थरों को छूने का मौका दिया था, पर उन्हें चुनना थोड़ी टेढ़ी खीर था।

लाला काम पर लग गया। ये वाला, ये वाला नहीं। ये पूरा नहीं खुला था; इसमें दरार दिख रही थी। इसके पत्थर छोटे होंगे; इसकी चमक कम हे।

'ये वाला ठीक है, ये ठीक नहीं है।'

जब वह चुन रहा था तो उसने खुद को किसी अनुभवी व्यापारी की तरह महसूस किया।

"बढ़िया लड़के। पारखी नज़र है तुम्हारी। और तुम कितना पैसा देना चाहोगे।"

"एक हज़ार रुपए।"

"हा-हा-हा। पंद्रह सौ रुपए से एक पैसा कम नहीं लेने वाला।"

अंत में तेरह सौ रुपए पर बात बनी, ठीक जैसे लाला ने सोचा था। लाला ने चैन की सांस ली। उस बड़े आदमी ने लाला के चुने पत्थर उस झोले में डाल दिए और दूसरा झोला भी वहीं कोने में रख दिया।

लाला ने थोड़ा कांपते हुए उसके हाथ में पैसे रख दिए।

"राजू से नमस्ते कहना और उसे कहना कि कभी मिलने आए। हम उसे खच्चर पर बैठा देखना चाहते हैं!"

हा-हा-हा।

दूसरे लोग भी उसके साथ हँसने लगे। लाला भी हँसना चाहता था, वह दरियाई घोड़ा खच्चर पर सवार हो कर कैसा लगता; पर वह चुप रहा क्योंकि वे उसके मालिक को चिढ़ा रहे थे। वह मुड़ा और ध्‌ीरे-धीरे चलते हुए सुरेश के पास आ गया।

"कैसा रहा?"

"उम्मीद से बेहतर।"

"क्या तुम्हारा काम हो गया?"

"लगता तो है। चलो इधर से।" लाला ने कम शब्दों में कहा।

वे दोनों खच्चर पर सवार हुए। ज्यों ही वे गाँव से निकले, लाला ने सुरेश से रुकने को कहा।

"क्यों? क्या हुआ।" सुरेश ने हैरानी से पूछा।

"कुछ नहीं। बस माल देखना चाहता था।"

लाला ने उतर कर अपना झोला खोला।

'गंदे आदमी! हरामी, जानवर, चोर ...मेरे पत्थर, मेरे पत्थर।' वह ज़ोर-ज़ोर से रोने लगा।

झोले में भरे सारे पत्थर खराब, रंग उड़े या टूटे हुए थे। ये तो वे पत्थर नहीं थे जिन्हें लाला ने इतनी लगन से चुना था। उस बड़े आदमी ने झोला बदल दिया था।

'मैं इन्हें अभी बताता हूँ।' लाला इतनी ज़ोर से चिल्लाया, उसे खुद नहीं पता था कि वह ऐसे भी दहाड़ सकता था।

सुरेश ने उसे रोकना चाहा। लाला उछल कर खच्चर पर सवार हुआ और उसे घुटनों से धकेलते हुए तेज़ी से भागने पर मज़बूर कर दिया।

बेचारा खच्चर पूरी तेज़ी से भागा। उसका भी ऐसे गुस्सैल सवार से पहली बार पाला पड़ा था।

'तेज़। और तेज़। मैं इन्हें मज़ा चखाता हूँ!!'

लाला बड़ी तेज़ी से गाँव के बीच पहुँचा।

बड़े आदमी ने उसे इंतज़ार नहीं करवाया। कुछ ही पलों में वह उसके सामने था। वह खच्चर पर बैठे लाला से भी लंबा था। "अब हमसे क्या चाहते हो?"

"मेरे पत्थर।" लाला गला फाड़ कर चिल्लाया।

"तुझे मिल तो गए।" बड़ा आदमी बोला।

"वे मेरे नहीं हैं। वे पत्थर मैंने नहीं चुने। तुमने झोले बदल दिए। तुमने मुझे धोखा दिया।" लाला बेक़ाबू हो कर चिल्लाता रहा।

"हा-हा-हा। वह बड़ा आदमी भयंकर तरीके से हँसते हुए लाला के और पास आ गया। जा बच्चे, जा कर राजू से कह दे। क्या तुम हम पागल लगते हैं? राजू को ठगना चाहता था, उससे मुकाबला करने चला है? अच्छी बात है, वही माल बेच जो हमने दिया है।"

उसने लाला को कान से पकड़ा और खच्चर से उतार दिया। "अपने झोले वाले आलीशान पत्थर बेचने की कोशिश कर। हा-हा-हा।"

लाला की आंखों में आंसू भरे थे पर वह हकलाना नहीं चाहता था। वह रोना भी नहीं चाहता था। "मुझे छोड़ दे, गंदे धोखेबाज सूअर। छोड़ मुझे, मैं ... मैं।" लाला गला फाड़ कर चिल्लाया और हाथों की मुट्ठियाँ बाँध कर उसकी छाती पर बरसाने लगा पर उस बड़े आदमी ने उसके कान पकड़ कर बेरहमी से मरोड़ दिए।

लाला जानता था कि वह आदमी अपने एक हाथ के वार से उसके टुकड़े कर सकता था पर वह नहीं रुका, न हकलाया और न ही ज़ोर-ज़ोर से रोया।

तभी उसे लगा कि उस आदमी ने अपना एक हाथ छुड़ा कर हवा में मुट्ठी तान दी थी।

"रुको, बच्चे को नीचे उतार। अभी के अभी।" लाला को पीछे से एक तेज़ दहाड़ सुनाई दी।

"सरदार।" उस दृश्य का आनंद लेने वाले सभी लोग एक साथ बोले।

वह आदमी वहीं जड़ हो गया। मानो उसके हाथ को किसी ने हवा में बाँध दिया हो। फिर उसने लाला को कंधों से पकड़ा और उसे सरदार की ओर मोड़ दिया।

"मुँह ऊपर करो।" सरदार ने आदेश दिया।

यह आवाज़ सुनते ही लाला ने नज़रें उठाईं। उसकी निगाहें चोर की निगाहों से मिलीं।

"सुलताना।" लाला हौले से बोला।

"मेरे गाँव में स्वागत है बहादुर बच्चे। अब तुम आराम से रहो। हम एक-दूसरे को जानते हैं। ओमकार! उसने एक आंख वाले को पुकारा। मेरे दोस्त को नीचे उतारो और इसके पत्थरों वाला झोला ले कर आओ।"

ओमकार ने लाला को आराम से उतारा। फिर दोनों हाथ जोड़ कर अपना सम्मान प्रकट करने के बाद सरदार का आदेश पूरा करने चल दिया।

लाला को लगा कि नसों में जैसे दोबारा जान लौट आई थी। यह तो एक अद्‌भुत और वाकई कमाल की घटना रही।

सुलताना उसकी ओर मुड़ा। "बहुत कम लोग इस जगह तक आने की हिम्मत रखते हैं। तुम बहादुर हो। ये लो जादुई पत्थरों वाला झोला रखो। और यह एक और बड़ा झोला है, इसे मेरी ओर से उपहार समझ कर रखो।" ओमकार ने मुँह फुलाते हुए दोनों झोले लाला को दे दिए।

सुलताना ने आगे कहा, "सुलताना कभी नहीं भूलता जाओ, नन्हे बहादुर। अपने जादुई पत्थर ले जाओ और शांति और ईमानदारी से अपना काम करो। कोई तुम्हें परेशान नहीं करेगा। सुलताना का वचन है तुम्हारे लिए।"

लाला ने सुलताना की बात ध्यान से सुनी। एक और झोला, जादुई पत्थरों से भरा बड़ा सा झोला, शांति से काम करो, कोई परेशान नहीं करेगा। क्या वह कोई सपना देख रहा था। क्या वह सब सच थ?

सुलताना को देखने के बाद शक की कोई गुंजाईश नहीं थी।

लाला ने एक बार फिर उस आदमी की आंखों में देखा जिससे सभी डरते थे। सुलताना को धन्यवाद या शब्दों की ज़रूरत नहीं थी। उसने लाला से विदा लेने का इशार किया, फिर मुड़ कर अपने आदमियों के साथ ओझल हो गया।

लाला ने दोनों बैग लिए, मुड़ा और धीमे-धीमे चलते हुए गाँव से बाहर आ गया। सुरेश अपने गधे को ले कर उस जगह तक आ गया था और उसका इंतज़ार कर रहा था।

"तुम ठीक हो न? भगवान का शुक्र है!"

"मैं ठीक हूँ। भगवान का शुक्र है!"

"चलें क्या?" सुरेश ने पूछा।

"चलो चलें।" लाला बोला।

जब वे वापिस आ रहे थे तो लाला एक शब्द नहीं बोला। वह बहुत सारे भावों को अनुभव कर चुका था, क़िस्मत कितने मोड़ ले चुकी थी। एक मिनट पहले सब खो चुका था, अगले ही पल वह फिर से जन्नत में था। उसे अपने भीतर से थकावट सी लगी।

उसने गधों के बाज़ार में उतर कर सुरेश को गले से लगाया और तांगे में सवार हो गया। वह शहर में गया। फिर उधर से गाड़ी पकड़ी। सब कुछ अपने-आप हो रहा था।

'हो गया। उसने सोचा, मानो उसे इस बात की कोई चिंता नहीं थी। ये हो गया...।' फिर उसे अपने अंदर एक खालीपन का एहसास हुआ।

जाने का समय हो गया था। वह गाड़ी पहले उसे बंबई और फिर जादुई पत्थरों के साथ माया के पास ले जाने वाली थी। उनमें से कई तो बहुत ही सुंदर थे। वह काम हो गया था। लाला डिब्बे के दरवाज़े पास खड़े हो कर देहाती सुंदरता का आनंद लेने लगा। उसने फिर से सोचा, 'यह तो हो गया था!'

लाला को धीरे-धीरे अपने अंदर गरमाहट का एहसास हुआ। यह काम कितनी मेहनत के बाद पूरा हुआ था। केवल वही जानता था कि इसे करना कितना कठिन रहा होगा। उसे लगा कि उसकी आंखों में आंसू भर आए थे - थकावट के आंसू, खुशी के आंसू।

लाला धीरे से बैठा और रेल की खिड़की से सिर टिका कर बाहर देखने लगा। कुछ आकृतियाँ दिखने लगी थीं, जो उसके आंसुओं की वजह से धुंधला गई थीं। उसके पिता, दो बैलों वाला हल जोत रहे हैं, माया एक छोटी सी झोंपड़ी के आगे ...।

रेलगाड़ी चल दी। कू.... छुक-छुक, छुक-छुक, छुक-छुक ...

लाला अपने सपनों को देख कर मुस्कुराया और आंखें बंद कर सो गया।

OOO

उपसंहार

लाला की यह कहानी एक सच्ची कहानी है।

यह कहानी लाला ने ही कुछ साल पहले, जुहू समंदर के किनारे मुझे सुनाई थी। बंबई महा नगर में उसी समंदर का किनारा, जहाँ लाला को बरसों पहले अपने लिए संकेत मिला था, जब वह लाल बालों वाली युवती से मिला था वह शायद किसी पश्चिमी डिप्लोमेट की पत्नी थी जिसने समंदर के किनारे खूबसूरत बंगले को अपना घर बनाया था, जो उस समय शहर की प्रमुख सड़कों से हट कर था।

आज जुहू बंबई का फ़ैशनेबुल इलाका है, उस जगह उन अमीरों का बसेरा है जिन्होंने इसकी सुंदरता को खोजा था। समंदर तट पर विदेशी पर्यटकों के लिए कई होटल बने हैं। इन होटलों में तरणताल बने हैं और ऊँची चारदीवारियों की वजह से समंदर तट से कटे हुए हैं। इस तरह आप भारत की हकीक़त को छुए बिना उसे देख सकते हैं।

होटलों के बगीचों में धूपस्नान करने से थके ये लोग, चारदीवारियों से बाहर झाँकते हैं तो उन्हें लोगों की रंग-बिरंगी भीड़ दिखती है। पूरा दिन कुछ पाने की आस में लोगों का ताँता लगा रहता है; सड़क पर तमाशा दिखाने वालों के परिवार, जिनके छोटे बच्चे कम उम्र से ही मुश्क़िल क़रतब और कलाबाज़ियाँ दिखा सकते हैं। बंदरों का खेल दिखाने वाले मदारी के प्यारे बंदर, जो खेल पूरा होने पर अपने मालिक के साथ मिल कर दर्शकों को सलाम करते हैं और उनके क़रतब से जमा हुए सिक्कों को बटोरते हैं। कई लोग तरह-तरह के वाद्य यंत्र बजाते हैं जिसे सुन कर ऐसा लगता है मानो वे सभी एक साथ किसी एक विशाल कंसर्ट का हिस्सा हों। और फिर वे फेरी वाले, जो अपनी ओर से हर वह चीज़ बेचने की कोशिश में

रहते हैं जो उनका पेट भरने का साधन बन सके। वे हमेशा इसी कोशिश में रहते हैं कि उनका माल होटलों में रहने वाले गोरों के स्वाद और रुचि के अनुसार हो और उनका ध्यान अपनी ओर खींच सके।

मैं चारदीवारी के अंदर से झाँकते लोगों का हिस्सा नहीं बनना चाहता था इसलिए मैं होटल के उस दरवाज़े से बाहर आ गया जो समंदर तट की ओर खुलता था और फिर अकेले ही टहलने लगा। उस समय मेरी सबसे बड़ी और गहरी इच्छा यही थी। तभी मेरे पास से गुज़रते कई दुकानदारों और बढ़िया माल बेचने वालों के दावों का मुक़ाबला करते हुए, लाला ने मुझे घेर लिया।

वह मेरा पीछा करते हुए, अंग्रेज़ी में बोलने लगा, "मेरा नाम मिस्टर लाला ...।" उसने यह जानना चाहा कि मैं कौन से देश का रहने वाला था और फिर वह कंधों पर टँगे दो झोलों में रखे सामान का गुणगान करने लगा।

मैंने कुछ कदम अपने सन्नाटे के बीच भरे। और मैं हमेशा की तरह इस अनिश्चय के बीच था कि मैं उस अद्‌भुत सूर्यास्त का शांति से आनंद लेता रहूँ या उसके साथ न चाहने पर भी बेअदबी से पेश आऊँ।

मेरे हाथों ने जैसे खुद ही यह तय कर लिया। भारत में इतने बरस बिताने के बाद जैसे ये हाथ अपने-आप ही प्रशिक्षण ले चुके हों। मेरा हाथ अपने-आप कांपने लगा। मेरी अंगुलियाँ बाहर की ओर फैलीं और हवा में हिलते हुए उसी तरह इशारा करने लगीं जैसे भारत में अमीर लोग अपनी ओर से अरुचि दिखाने के लिए इस्तेमाल करते हैं, 'बस बहुत हो गया! पीछे हटो! तंग मत करो, मुझे सताओ मत और काम में अड़चन मत दो। मुझे कुछ नहीं लेना।' यह इशारा अपनी ओर से जितना मज़बूत होता है, अपील करने वाले को उतनी ज़ल्दी समझ आ जाता है कि उसे बात माननी ही होगी। इस इशारे के साथ ही उसे इस नियम का पालन करना होगा कि वह व्यवहार के इस नियम को नहीं तोड़ेगा, चाहे वह भूखा ही क्यों न हो। वह दूसरे व्यक्ति की निजता का सम्मान करेगा।

हालांकि मेरा इशारा इतना पक्का नहीं था पर लाला ने वैसा करना

बंद कर दिया। मैं भी थम गया और चेहरे पर आधी मुस्कान के साथ उसे कुछ शब्दों में समझाया कि मुझे कुछ नहीं चाहिए था और मैं कुछ देर अकेले रहना चाहता था। फिर मैं समंदर से कुछ कदमों की दूरी पर बैठ गया।

लाला ने भी इशारे से कहा कि उसे बात समझ आ गई। उसने केवल इतना पूछा कि क्या वह भी मेरे साथ बैठ सकता था।

कुछ देर की चुप्पी के बाद, जैसे उसने मेरे मन की बात जान ली, उसने मुझसे पूछा कि क्या वह मुझे नारियल पानी पिला सकता था, जो एक बूढ़ा दुकानदार पास ही में बेच रहा था।

मैंने निक्कर पहनी हुई थी इसलिए जेब में पैसे नहीं थे और एक ताज़ा नारियल पानी पीने की इच्छा भी हो रही थी इसलिए उसका उपहार स्वीकार कर लिया। मैंने हामी भर दी।

बूढ़े ने झट से एक बड़े से चाकू से दो नारियल काटे और हमें पकड़ा दिए। वह इंतज़ार करने लगा कि हम उस शानदार फल के पानी का स्वाद ले सकें। फिर उसने एक सीपी के टुकड़े को चम्मच की तरह इस्तेमाल करते हुए, फल के बीच से मुलायम गूदा निकाला, दूसरे आधे हिस्से में उसके टुकड़े तैयार किए और कामचलाऊ चम्मच बना कर हमें खाने के लिए दे दिया। फिर वह अपनी पगड़ी में वे दो रुपए खोंस कर चलता बना जो लाला ने उसे बड़े ही आत्मविश्वास से दिए थे।

हम चुपचाप खाते रहे। थोड़ी ही देर बाद, शायद मेरे नारियल खाने की गति देख कर ही लाला ने पूछा कि क्या मैं एक और नारियल पानी पीना चाहता था। मैं दोबारा हिम्मत नहीं कर सका। मैंने शर्ट की जेब से सिगारिलो निकाले और हमने समंदर के किनारे बैठ कर उन्हें फूंका।

तभी लाला ने अपनी कहानी सुनानी शुरू की।

और फिर मैंने एक ऐसी कहानी सुनी जो सुखांत थी।

हमने लाला को कुछ साल पहले, जुहू में हमारी भेंट से पहले छोड़ा था। जब उसके हाथों में जादुई पत्थरों से भरा थैला था। जो अपने सपनों

के साकार होने की राह पर था। जो उसने गाड़ी की खिड़की के कांच में झलकते देखे थे।

और वे सब साकार हुए।

उसने मुझे सब बताया तो तब सूरज ढलने को था और इस बीच बहुत सारा समय बीत गया था।

"आज मैं बहुत सुखी हूँ। कुछ साल से मैं हर महीने के पहले दिन अपने बाबा को पाँच सौ रूपए भेजता आ रहा हूँ। एक बार घर भी वापिस गया था।"

"अब वह जगह हमारी है। मेरे बाबा ने एक कुआँ भी खुदवा लिया है। उन्होंने दो बैलों वाला हल खरीदा है और मेरे बड़े भाई फसल को सीध ा बाज़ार बेचने ले जाते हैं। अब वे मेरी तरह आज़ाद हैं।"

"मैंने माया से शादी कर ली थी। यहीं पास में बहुत सुंदर झोंपड़ी है और माया ने मुझे एक बेटे का पिता बना दिया है। मैं अच्छा पैसा कमा लेता हूँ और मेरी अपनी दुकान है।"

मैंने बिना कोई बाधा दिए उसकी पूरी कहानी सुनी और चेहरे पर भीनी सी मुस्कान के साथ देखता रहा। जब उसने आख़िरी खुशख़बरी सुनाई तो मैं उसकी दुकान के बारे में पूछने ही वाला था कि उसने बड़े ही गर्व से अपने हाथों से, अपने पैरों के पास रखे दो थैले थपथपाए।

वही थैले, जिन्हें मैंने अमीरों के लिए बने बड़े से होटल से निकलते हुए हिराक़त की नज़रों से देखा था।

वे दोनों थैले सीपियों से बनी मालाओं, मूँगों, कांच के मोतियों और अनेक ख़ज़ानों से भरे थे, उसके पास ऐसे जादुई पत्थर थे जो खुलने पर चमकीले क्रिस्टल सामने ले आते। वे दो थैले ... उसकी दुकान।

उस नन्हे से आदमी ने जिस तरह अपनी जंग जीती थी। उसके चेहरे के गर्वीले भाव देखते हुए मैंने अपनी पलकें झुका लीं। मैं उससे प्रभावित था, वाकई बहुत प्रभावित हो चुका था।